就算是有點色色的三姊妹，你也願意娶回家嗎？

choppiri H na Sanshimai demo
Oyomesan ni
shitekuremasuka?

3

Kadokawa Fantastic Novels

序章

嗶嗶嗶嗶！嗶嗶嗶嗶！

「……啊，三十八度半……」

聽到輕快的電子提示音後，我從腋下取出體溫計一看，上頭顯示的數字比意想中還高。我全身癱軟地躺在床上，大大地嘆了口氣。

與三姊妹新婚旅行回來的兩天後。

結束視察的愛佳小姐前腳才剛離開這個家，我後腳就感冒病倒了。原因大概是勸說花鈴時，全裸淋雨的關係吧。

「虧我聰明一世，居然會做出那種蠢事……」

如今冷靜地回想起來，不禁覺得頭好痛。「在傾盆大雨的深山裡，當著女孩子的面脫光光」，倘若重新寫成文字來看，簡直太瘋狂了。不過，當時一心只想著要幫助花鈴，根本顧不得什麼形象……

雖說如此，全裸果然還是做得太過頭了。因為我現在真的快沒命了。

總覺得全身輕飄飄，腦袋也昏昏沉沉的。雖然不至於無法動彈，但身體就是使不上力，還有一點倦怠感。另外……喉嚨超痛的。

發燒到現在已經第三天了，病情絲毫沒有好轉，連假也馬上就要結束了。原本打算趁著連假集中用功讀書，順便好好想想該用什麼辦法替三姊妹們「克服性癖」；結果除了新婚旅行有照計畫進行以外，其他預定事項大概都無望了……

就在此時，耳邊傳來「叩叩」的輕聲敲門聲，隨即一名少女走進房裡。少女個頭十分嬌小，還有著十分討人喜愛的可愛臉蛋。

「學長……你起來了嗎……？」

「喔……花鈴啊……」

來者正是神宮寺三姊妹的么女花鈴。

我以沙啞的聲音叫喚她的名字，只見她一臉擔憂地走向我。

「天真學長，有沒有好一點……？你看起來似乎還沒退燒……」

「還好啦……已經好久不曾感冒了，身體果然很不好受……」

聽我說完，花鈴的表情沉了下來。

「對不起，天真學長……都怪花鈴那時候太任性了。」

花鈴似乎認為都是她害我感冒的，所以這三天心情一直非常低落。

「…………」

我想也沒想地立刻從床上支起上半身，胡亂地摸了摸花鈴的頭。

「呀啊！學長……？」

「聽好了，我先跟妳聲明，那都是我自己決定要做的，妳不必覺得過意不去。」

事實上，那完全就是我失控的脫序行為，只能說是自作自受。

「所以別再露出那種表情——呼噢……？」

「學、學長！你沒事吧？」

我全身無力地再次倒回床上。喂喂喂，別鬧了，不過稍微動一下而已，居然就像是要了我的老命似的。

是說我剛才在做什麼？居然突然摸花鈴的頭……腦袋果然因為發燒而燒壞了。畢竟平時的我是絕對不可能這麼做的。

「真是的！不要太逞強啦！乖乖貼上退熱貼，躺好休息吧！」

「抱、抱歉……麻煩妳了。」

「別跟我客氣，花鈴就是為此才過來照顧學長的呀。」

如此說著的花鈴不辭辛勞地細心照顧我。平時總是被她捲進各種麻煩事，但此時的她看起來就只是個溫柔體貼的正常學妹。

花鈴拿出退熱貼，動作十分輕巧、小心地貼在我的額頭上。沁冷的冰涼感對發燙的額頭來說十分舒適。

說到退熱貼，我有多久沒用過了？記得小時候，父母也會像這樣替我貼上。

不過等一下……？總覺得似乎和記憶中的退熱貼微妙地不同……沒有退熱貼特有的沁涼感，而且一下子就變溫了……

「我說花鈴啊……這個退熱貼是不是和一般的不同？」

「啊，抱歉，學長。這不是退熱貼，是花鈴冰過的內褲。」

「妳把什麼鬼東西放在我額頭上啦！」

我反射性地扯下內褲，用力摔在地上。

「因為剛好沒有退熱貼了嘛。想說有沒有什麼東西能代替，結果就想到內褲應該能勉強撐一下。既然沒有退熱貼，就把內褲拿去冰就好啦～這樣！」

「一點都不好！這算哪門子的替代品啊！」

「既然沒有麵包，就把內褲拿來裹腹就好啦～這樣！」

「就只有發音像而已吧！」（註：麵包與內褲的日文發音相近）

「冰涼小褲褲開賣嘍～這樣！」

「不要說得像是中華涼麵一樣啦！」（註：每年四至五月左右，日本餐飲店會陸續在門

口貼出中華涼麵開賣的訊息）

拜託，到底有沒有常識啊！這人實在太奇葩了！

一般人壓根就不會想到要用冰過的內褲代替退熱貼吧！要拿也是拿毛巾去冰就好了嘛！為什麼偏偏要拿內褲啊！

應該誇她真不愧是暴露狂嗎？身為不脫內褲會死系女子的她，大概就是用那種特殊思考迴路看著這個世界吧。

「總之，我死也不要冰內褲！快點拿走啦……咳咳……！咳咳……！」

「啊，對不起，學長！都怪花鈴太吵了……」

關於這一點，我由衷希望她能真心反省一下。

「為了表達歉意，花鈴會努力替學長好好打氣的！」

說著，花鈴坐到我的床上……嗯？她想做什麼……？

「那麼，請學長仔細看好喲，嘿！」

花鈴捲起裙子，露出了底下的內褲。

「噗！」

「快點提起活力吧～快點提起活力吧～♪」

遮覆住花鈴私密處的黑色內褲一覽無遺。而且整件內褲的材質異常地輕薄，甚至可以透過布料看到她的肌膚。簡而言之，就是所謂的透視內褲。

喂喂喂，她穿這什麼內褲啊？完全就是以色情為目的專用的內褲吧！

「呼啊啊嗯……花鈴現在正穿著非常惹火的內褲喔……？而且因為穿著變態內褲，讓花鈴超興奮的喔……？花鈴真是個羞恥的孩子♪」

既然自己也知道的話，為什麼還要穿？是說幹嘛給我看啦……！

「男生只要看到色色的東西，就會提起活力對吧？學長提起活力了嗎？」

「鬼才會啦！反而害我燒得更嚴重了！」

我二話不說便將花鈴趕下床，並且直接把她攆出房門。

※

「唔唔……大吼之後，感覺快虛脫了……」

把花鈴從房間趕出去後，我整個人變得更加疲累不堪。

雖然很高興花鈴那麼關心我，但方向實在偏得十萬八千里遠……

正當我不著邊際地茫然沉思時，耳邊再度傳來敲門聲。

「天真，你醒著嗎？我要進去嘍。」

話語聲方落，房門隨即被推開。緊接著映入眼簾的，是有著一頭飄逸金髮的辣妹系少女。

「月乃……？」

繼花鈴之後，這次換成次女的月乃拎著急救箱過來。

一看到她的身影，我下意識地繃緊神經。畢竟剛剛才中過花鈴的招，當然也就不免會對不知是否處於「發情」狀態的月乃有所警戒。

不過，看樣子似乎沒問題。

「身體好一點了嗎……？嗯，還是滿燙的耶。」

「是、是啊……高燒一直退不了……」

「哼！你就是用功過頭才會那樣啦！你是白痴嗎？」

月乃的口氣有些帶刺，眼神也稍顯冰冷——並沒有發情的跡象。

太好了，是平常的高傲月乃。不，總覺得傲的比例似乎比平常略高一些。

「話說回來……你看起來比昨天更加要死不活的耶？還是趕快去醫院吧？」

月乃打量著我的臉。雖然態度刻薄了一點，但姑且還是有在擔心我吧。

「我沒事……稍微休息一下就好了……」

老實說，我現在真的不想動。而且拜花鈴所賜，害我平白浪費了不少體力。

「隨便你。我姑且拿了藥過來，好好感謝我吧！」

「麻煩妳了，月乃……真的得救了。」

月乃一副滿不在乎的口氣如此說道，然後打開急救箱翻找感冒藥。雖然她平時總是擺出潑辣的態度，緊要關頭時倒是挺可靠的。

「啊……糟糕！」

突然，月乃小聲驚呼一句。

「怎麼了？發生什麼事了，月乃？」

「藥……剛好上次吃完了……」

月乃將昨天為止一直在吃的感冒藥空盒遞給我看。

不、不會吧……現在這種狀況，沒吃藥簡直是地獄耶……不僅身體的倦怠感加劇，還有那難以忽略的關節痛。再加上每次咳嗽時喉嚨都會感到疼痛，真的很想趕快緩解這些症狀。

「唔哇，怎麼辦……？就算想出門買，這個時間藥局也還沒開門……」

「沒有其他的藥了嗎？例如買來備用的藥之類……」

這種時候就算不是平常吃的藥也無所謂，哪怕只是止咳錠也好……

「等我一下，我找找看——啊！有了。有備用的感冒藥。」

噢噢……太好了……這下應該可以舒服一點了。

「——咦？這個藥是……」

月乃再度不安地開口。

「怎麼了？該不會過期了吧……」

「不、不是啦……並不是過期……」

月乃猶豫了幾秒後，有些難以啟齒似的說出事實：

「這個……不是口服藥，好像是塞劑……」

「塞劑！」

塞劑是指那種必須從肛門塞進去的藥嗎……？更令人不解的是，為什麼急救箱裡會有那種藥？

「為什麼呢？平常家裡的藥都是雪姊負責買的，會不會是不小心買錯種類了？」

原來是她！原來是她搞的鬼！

雪音小姐該不會是因為有種在玩ＳＭ的感覺，才故意買塞劑回來的吧！就像異物插入ＰＬＡＹ那種感覺……如果是她，確實很有可能！

「啊～……怎麼辦？要用這個嗎……？」

「不了……塞劑實在有點……」

老實說令人非常抗拒。平時只出不入的洞口，居然要插入異物……

「我實在不太想用……再說了，要我自己來似乎有點困難……」

由於倦怠感和關節痛作祟，現在真的很不想動身體。因此在這種情況下，是無法塞入塞劑的。

「可是不用的話，身體應該很難受吧……？」

「我還能忍到藥局開門。不好意思，等一下能不能麻煩妳替我去買藥咳咳咳……咳咳……！」

「喂，天真！你不要勉強說話啦！」

月乃儘管一臉氣呼呼的，還是不忘關心我。

唔唔……藥局十點左右才會開門，我還得忍受這種不適狀況兩個小時以上嗎？真的超煎熬的。

「…………」

月乃不發一語地凝視著一臉哀怨的我。怎、怎樣……？她是怎麼了？

不久，月乃「唉……」地流洩出一聲嘆息。

她從我臉上移開視線，同時伸手拿起塞劑的藥盒，接著取出塞劑。

「咦……？咦？月乃……同學……？」

「還是用一下這個藥比較好啦。硬要等到藥局開門，症狀很可能會更加惡化吧？那樣會害我良心不安耶……」

「不，可是我真的無法接受塞劑。況且我現在幾乎動不了……？」

為了塞入塞劑而苦戰，反而才會害我病情加重吧。

「要、要不然……我來幫你吧！」

「——啥？」

這女孩在說什麼？她是打算親自把塞劑塞入男人的小菊花嗎？

「我是說！既然你不能動的話，我來幫你啦！」

「不不不不不！那怎麼行！用常識想也知道吧！」

「我也是百般不願意啊！可是沒辦法呀！畢竟是醫療行為嘛！」

「話是這樣說沒錯啦！」

月乃的論點非常正確，雖然很感謝她的關心，但我實在無法乖乖聽從。

要我把屁股對著女同學，就算是差恥ＰＬＡＹ也該有個限度吧！

更重要的是，要是真的讓月乃幫我……！

「別婆婆媽媽的，把褲子和內褲脫掉！再把屁股對著我！」

「等等、等等！不行！就說了不行啦！算我求妳了，拜託妳再重新考慮一下！」

「閉上嘴、少囉嗦！快點把屁股露出來！」

月乃強行掀開我的被子，二話不說直接揪住我的褲子。我同樣伸手想要拉住褲子，無奈因為發燒反應慢了一步。結果才一轉眼，我就被脫得只剩一件內褲。

「唔哇啊！」

不行，這人是真心想要剝光我！我死命地緊緊捉住最後堡壘的內褲，抵死頑抗。

「快點，趕快脫掉啦！」

「不，不行！唯有這點絕對不行！」

「啊～真是的！既然你說什麼也不肯脫的話——要不然，換我先脫好了？」

月乃突然一改語氣，從原本尖酸嚴厲的口吻，換成彷彿快要融化般的甜膩語調。

啊……這是例行的那個吧。

發情系女孩的月乃，因為我的內褲而亢奮了。

「一起脫光的話，就不會害羞了吧？所以，由我先示範給你看。」

月乃毫不猶豫地脫掉自己的襯衫，再以迅雷不急掩耳的速度將百褶裙褪到腳邊，對我露出粉紅色的可愛胸罩與內褲。

「不、不要脫啦！別鬧了！妳先冷靜一下！」

「你要好好看清楚喔，天真……重頭戲現在才要開始。」

緊接著只見月乃才一解開背扣，豐滿美乳隨即綳彈而出。

我連忙別開頭。然而，她依舊沒有停手，從聲音可以聽出她正在脫內褲。

那個笨蛋，居然真的全裸！

「天真……我全部脫光了喔。所以天真也快點脫掉內褲吧？」

「死都不脫！妳也快點穿上衣服啦！」

「不行……因為我現在……身體莫名發燙起來……」

月乃邊說邊撲向躺在床上的我，並跨坐到我身上。

「呼啊呼啊……！身體好燙……我好像也發燒了……！」

妳那才不是感冒！是腦袋有病！

「吶，天真……也在我的體內塞進塞劑嘛？塞進天真的粗大塞劑……？」

「不要說得那麼引人遐思啦———！」

現在這個情況非常不妙！要是繼續任由月乃襲擊，難保不會跨過最後底線！就算用盡最後的力氣，也必須推開月乃才行。我死命擠出吃奶的力氣，企圖支起上半身。

然而就在這個瞬間，身體忽然一輕，感覺就好像飄浮在半空中似的。

「奇怪……？」

「咦……？天真，你怎麼了……？天真！」

最後只記得自己癱軟倒下，以及月乃恢復理智的聲音。
隨後，我的意識便被強行拋向深邃的黑暗之中。

※

「嗯……唔……」
意識忽悠轉醒，我緩緩撐開沉重的眼皮。映入視野的是房間的天花板。
我記得自己好像在即將要被月乃侵犯的最後一刻前昏倒了。大概是因為太過激動，導致發燒加劇了吧……
真是的……不論是花鈴還是月乃，這兩姊妹全是一個樣，簡直是累死病人的高手。
唉，雖然知道她們並沒有惡意，只是因為關心我才那麼做……
「啊，天真學弟，你總算醒來了～」
冷不防地一道溫柔軟語傳來。我嚇了一大跳地轉過頭。
只見長女雪音小姐正守在我的床邊。
「早安，天真學弟。你還好嗎？身體還是不舒服嗎？」
「身體嗎……？」

被她這麼一說，我將注意力拉回自己身上……嗯，由於睡了一段時間，感覺似乎稍微好轉了一些。

「我沒事。雖然還是覺得身體很重，但比剛才好多了……」

「太好了～聽月乃說你暈倒了，害我好擔心呢。而且你又一直昏睡不醒。」

看來在我暈倒後，月乃也跟著恢復理智了。於是才會去叫雪音小姐過來的吧。

「我差點都要叫救護車了呢。還好這下應該可以放心了。」

「不、不好意思，讓妳擔心了……」

「呵呵！你不必向我道歉。啊，對了。因為已經中午了，所以我替你熬了粥；你現在吃得下嗎？你早餐也沒吃吧？」

這麼說來，肚子的確是滿餓的。我撐起身體準備吃飯。

「那麼……我就不客氣了。」

「嗯！你等我一下喔。」

雪音小姐用湯匙從擺在她身邊的小鍋子裡舀起一口粥。接著她用嘴巴吹了幾口氣、將粥稍微吹涼一點後，再移到我的嘴邊。

「來，天真學弟，張開嘴——」

「不用了，那個……我可以自己吃……」

「有什麼關係嘛。你現在是病人，儘管向我撒嬌吧。」

雪音笑容滿面地說道。看來她是鐵了心非餵我不可。

她該不會……又打算玩服侍ＰＬＡＹ那一套吧？

身為奴隸志願系女子的雪音小姐，腦袋總會定期秀逗，出現想要服侍我的毛病。或許像現在這樣照顧我，對她來說也是服侍ＰＬＡＹ的一環吧。如果真是如此，我絕對不能中招。

說是這樣說，看到雪音小姐那充滿慈愛的笑容……如果她真的只是單純關心我，辜負她的心意似乎也有點過意不去……而且我現在也沒有多餘的心力拒絕……

「我知道了……那麼就麻煩妳了。」

「嗯！那麼快吃吧。張開嘴──」

我決定心懷感激地接受她的好意，乖乖聽話地張開嘴巴。

雪音小姐緩緩移動湯匙，將熱粥餵進我嘴裡。

「天真學弟，味道如何？吃不吃得下？」

「啊，可以……非常好吃。」

清爽的雞湯風味，撫慰了我味覺不振的舌頭。隱約還能感覺到淡淡的薑味，大概是為了替我暖和身體而特地添加的吧。這份體貼格外讓人感到開心。

儘管這樣的吃法有點難為情，但粥的味道確實沒話說。

「太好了～那麼再來一口喲～」

雪音小姐再次舀起一口粥，並且送到我嘴邊。就這樣反覆幾次後，我感覺身體漸漸暖和起來。

「你流了好多汗呢～吃飽後我替你擦擦身體吧。我已經事先準備好毛巾了。」

「不、不用了！妳不必那麼費心啦！」

「別跟我客氣。你要是太逞強，導致病情惡化，那可不得了。」

雪音用著更勝方才的溫柔語氣說道：

「我剛才去藥局買藥回來了。擦好身體後，你把藥吃了，好好睡一覺吧。」

「謝、謝謝……」

無微不至、沒得挑剔的貼心照護。這種時候，尤其可以看出雪音小姐果然不愧是長女。雖然這麼說有點對不起另外兩人，但和她們比起來，果然還是雪音小姐最好。

「那個……從剛才就一直讓妳忙東忙西的……勞煩妳費心了……」

想到這裡，不由得自然而然地脫口道歉。然而，雪音小姐以食指抵住我的嘴。

「別那麼說～我們是夫妻嘛，有事時本來就應該互相依靠呀。」

「雪音小姐……」

那句話格外觸動因感冒而感到脆弱的心房，讓我不禁眼頭升起一股熱意。

如果我有姊姊，大概也是像這種感覺吧。雪音小姐真的是非常可靠的理想姊姊。

「而且，這也是身為奴隸的工作嘛！」

只要扣掉這一點的話……

果然不出我所料！她果然是打著這個主意！把我的感動還給我！

「主人，接下來有何吩咐呢？要揉胸部嗎？還是要揉屁股？」

對於雪音小姐可遇不可求的大好提議，我決定裝睡全力無視。

第一章　被虐狂總是來得措手不及

結果感冒好不容易痊癒的同時，連假也正式宣告結束。難得的連假全因為感冒而搞砸，只能再次乖乖回去上學。

五月的連假和隨後而來的期中考全都結束後，時節不知不覺已經邁入六月初。

某天放學前的班會時間，班導向大家宣布：

「呃——我想大家應該都知道，距離校慶只剩兩個星期了。」

我們青林高中的校慶是訂在六月中舉行。現在差不多該開始準備了。

「所以明天班會時間，要來決定我們班上這次的校慶攤位活動。希望大家有空時，可以互相討論一下有沒有什麼想辦的活動。順道一提，老師去年帶的班級是——」

校慶嗎……老實說麻煩死了。

我大大地嘆了一口氣，老師的說明有一半全被我當成了耳邊風。

我非常討厭學校三不五時就會舉辦的這種毫無生產性的活動。校慶、運動會與校外教學，全都是妨礙學生學習本分的不良活動。不但活動當天的課程全部泡湯，先前的準備期間還得被迫放學後留下來，浪費寶貴的時間。

真要我說的話，校慶簡直是愚蠢至極！

有閒工夫搞這些活動，還不如把時間拿來鑽研題庫，對未來還比較有建樹。而事實上，我之所以能一直保持名列前茅的好成績，正是因為無論在什麼情況下，我都不會藉由玩樂來逃避現實。

再說，我現在還得在三姊妹家打工……

我目前正與神宮寺三姊妹同居中，目的是要協助她們進行新娘修行。

為了讓三姊妹成為完美的新娘嫁入豪門，於是我化身臨時夫婿，陪她們實際體驗夫妻生活。同時，我也能從她們的父親肇先生手中領到天價的薪水。

只是，要讓她們成為出色的新娘，首先得解決她們的變態性癖才行……

因此，我真的非常需要時間來好好思考可行辦法，根本沒空去管什麼校慶。

「那麼今天的班會就到此結束。大家放學路上要注意安全喔。」

當老師宣布完校慶的事，班會結束後——

大家立刻依照老師剛才的交待，開始互相討論起校慶攤位活動。

「喂，校慶要來做什麼啊？」

「最受歡迎的果然還是鬼屋吧？」

「或是星象館應該也不錯。」

班上同學個個一臉悠哉地聊著校慶要推出什麼攤位活動。大家真的很閒呢……

「喂，一条，你有沒有什麼好點子？」

一位男同學也向我詢問意見。

「沒有，我本來就對校慶沒興趣。」

「真假？不過還是一起加入討論啦～畢竟是全班一起推出的攤位活動。」

「抱歉，我很忙。再說就算沒有我的意見，大家最後也還是會隨便選個攤位活動進行吧？」

沒必要插手班上的事。畢竟我還有其他的事要做。

我離開朋友身邊，走向同班的月乃。平常大多時候，她都會和一副辣妹裝扮的朋友們聚在一起聊天，還好她現在只有一個人。不知道是不是有什麼要事，月乃並沒有加入校慶的討論，而是正在收拾東西準備回家。

這下正好。如此一來，就能和她一起回家，順便聊聊克服性癖的辦法。三姊妹當中，就只有月乃最積極地想要克服性癖。

「喂，月乃，妳現在有空……嗎？」

我開口向她搭話，聲音卻不由得愈來愈小。

這也是當然的。因為聽到我的聲音回過頭的月乃，正狠狠地瞪著我。
「……幹嘛？有什麼事嗎？」
她睨起銳利的眼神，滿臉不悅地說。
咦、咦……？態度未免也太尖銳了吧？這位同學。
「啊，怎麼說呢……就是……」
「我應該說過，在學校不要跟我說話吧？你把我的話當耳邊風了嗎？」
「抱、抱歉……妳的確曾經說過……」
迫於月乃冰冷至極的態度，我當下也只能乖乖道歉。
——這麼說來，總覺得月乃最近對我的態度有點怪怪的。
自從幾週前我們旅行回來後，不知道為什麼她突然變得很冷淡。一出家門她就幾乎不怎麼跟我說話，即使在家裡也會避免和我有非必要的交流。
而且她的態度一天比一天差。就好比剛才我只不過是叫她一下，就被她以流氓般的凶惡眼神反瞪，嚇得我瞬間忘掉原本的目的，連吭都不敢吭一聲。
接著，月乃口氣更加不悅地開口說：
「沒事的話就閃一邊去。有事也不要在這裡說。」
「啊……是……真的非常抱歉……」

我不由得畢恭畢敬地向她道歉。

月乃迅速收好書包後，像是要逃離我似的走出教室。

周圍同學們看到被孤伶伶拋在原地的我，全都愉悅地哄笑起來：「被甩了吧——w」「好可憐喔——w」

※

「啊啊啊啊啊啊！我對天真說得太過分了～～～！」

離開天真身邊後，我走向校門，腦海中浮現出萬分的懊悔。

「怎麼辦怎麼辦怎麼辦……這下百分之百會被討厭……」

那種回話口氣，一定會讓他對我的好感度歸零吧。他大概會討厭我，討厭到近乎憎惡的程度……

「等等，我這個笨蛋，幹嘛要為了他煩惱啊！」

我甩甩頭，拋開腦海中的懊悔。

反正就算被他討厭也無所謂！因為我對他沒有任何感覺！

至少……必須假裝這樣才行。

我最討厭天真了。因為討厭天真，所以擺出那種態度也是理所當然的。我才不會因此而後悔。沒錯，我只要這麼想就好了。

因為喜歡天真的是……

「啊，月乃姊──！」

聽見有人呼喊自己的名字，我抬起低垂的臉龐。緊接著，我一眼就看到正站在校門旁的花鈴。

「姊姊好慢喔！花鈴一直在等妳耶！」

「對、對不起……因為有點事……」

「怎麼了嗎，月乃姊？妳看起來很沒精神耶。」

「什麼事也沒有……哈哈哈……」

今天花鈴約我一起回家，於是我們說好在這裡會合。

至於花鈴特地約我的理由……

「那麼我就開門見山直說嘍……我想找姊姊聊聊學長的事，可以嗎？」

「……當然了。妳儘管說吧，別客氣。」

我們一起走在回家的路上，此時花鈴開口切入主題。

內容正是……戀愛諮詢。讓花鈴順利追到天真的真心戀愛諮詢。

花鈴大概是擔心在家裡聊起這件事可能會被天真聽到，所以才想在放學的路上召開作戰會議吧。

「月乃姊，妳覺得天真學長是怎麼看待花鈴的呢？」

平時總是笑容滿面的花鈴，此時正經八百地問道。

「我想他大概會覺得……妳是個很可愛的學妹吧？應該並不討厭才對。」

「不過，那並不是喜歡的意思吧？至少不會是對異性的喜歡……」

「啊～……或許確實是如此吧。老實說，我也不認為天真有把妳當成戀愛對象。」

「嗚嗚……果然是這樣……」

花鈴明顯表現出沮喪。

「不、不過，妳也不必太在意！畢竟那個笨蛋原本就對戀愛沒興趣嘛！」

「真的嗎……？那麼花鈴也有機會攻陷學長嘍……？」

「當然！妳可是我妹妹耶，要對自己更有自信一點！」

我竭盡所能地鼓舞花鈴。

是說，沒想到花鈴會露出這種表情……看來她真的非常苦惱……

「花鈴，我問妳喔……妳是真的喜歡那傢伙嗎……」

「嗯！喜歡得不得了！甚至還想把花鈴的一切全都交給學長！」

「真、真是大膽的發言呢……只要讓天真看見妳的真心，一定可以手到擒來吧？」

「我絕對辦不到啦！因為羞死人了嘛！」

花鈴滿臉通紅地搖頭如鈴鼓。

也是，她的心情就連我也能體會……

「唉……如果是裸體的話，我倒是可以讓學長看到飽啦……」

「咦……什麼？裸體……？」

「呃！沒什麼！我只是自言自語！」

花鈴驚慌失措地喊叫。

我剛才好像聽到了很詭異的單字……算了，花鈴是不可能說出那種話的。

「別、別管那個了！具體來說，要怎麼做才能攻陷學長呢？怎麼樣才能讓學長喜歡上花鈴呢？」

「咦？唔嗯……該怎麼做才好呢……？」

平時總是躲男生躲得遠遠的我，怎麼可能會知道攻陷男生的方法。

不過，幾乎身邊的所有朋友都很喜歡聊戀愛八卦。在聊天的過程中，曾經聽大家聊到如何攻陷男生，於是我努力搜尋那些記憶。

「舉例來說……親自下廚替他做點料理如何？雖然老套，但會做飯的女生，果然還是很受歡迎嘛。」

「的確是有這種印象……可是，突然做菜給他吃，會不會很不自然？畢竟花鈴平時根本就不會下廚……」

「只要有正當理由就沒問題啦。妳就說：『自己為了進行新娘修行，親手做了料理，能不能請學長幫忙試試味道？』這樣他就不會起疑啦。」

追根究柢，他之所以跟我們同居，就是為了陪我們進行新娘修行。

「另外像是一起讀書，或許也能慢慢拉近距離。我朋友就是利用這個作戰，成功交到男朋友的樣子。」

「原、原來如此……讀書嗎……」

「聽她說，她會趁著一起讀書時加入一些肢體接觸，兩人也因此變得愈來愈親密。有些更高明的女生，還會露一下胸部來色誘攻陷男生呢。」

「啊！這個點子不錯！順利的話，或許三兩下就能攻陷學長了！」

「……我想妳應該明白吧，那種事絕對不可以模仿喔？」

「當、當然了！我只是說笑而已啦！哈哈哈……」

總覺得花鈴的笑容有點不太自在。真是的……害我有一瞬間以為她是認真的。

「另外就是，校慶不是快要到了嗎？約他一起逛逛攤位，應該可以讓兩人感情加速升溫吧？」

「噢噢！的確有機會拉近距離！」

「到時只要能拉他一起去逛鬼屋，勝利就完全掌握在花鈴手中了！妳也知道的嘛？就是所謂的吊橋效應呀。會讓人把因為恐懼而心跳加速的感覺，誤認為戀愛的悸動。」

「吊橋效應……居然有這種必殺絕招！」

花鈴像是著魔似的在智慧型手機記事本輸入文字。

「我知道了！總之，第一步先來試試看親手做點心！一起讀書那招，等改天再來實踐看看！月乃姊，謝謝妳！」

「這只不過是小事一樁，不必跟我道謝啦。而且我不是說了嗎？我會成為花鈴的戀愛後盾呀！」

「嗯！姊姊最可靠了！」

花鈴爽朗地笑道，靠在我的肩膀上撒嬌起來。

看到花鈴一臉歡喜的模樣，我真的很開心自己能陪她進行戀愛諮詢。

「這麼說來，月乃姊都沒有喜歡的對象嗎？或是稍微有點好感的男生之類的。」

「咦……？」

話題突然轉向自己，我瞬間腦袋一片空白。

「可以的話，說來讓花鈴當作談戀愛的參考嘛～而且，說不定這次可以換花鈴給姊姊建議喔？」

「沒有，我並沒有喜歡的人……」

「真的嗎……？啊！該不會，姊姊也喜歡天真學長吧？」

「什……妳在胡說什麼啦！」

我想都沒想，就用自己也嚇了一跳的音量否定。

「呀啊！姊、姊姊……妳怎麼了……？人家只是開玩笑嘛……」

「啊，抱歉……」

我連忙向略顯膽怯的花鈴道歉。啊啊，真是的……得冷靜一點才行……

「不過，我現在真的沒有喜歡的對象，妳就別再胡亂套話了。」

「現在……？也就是說，姊姊過去曾有喜歡的人嘍？」

「啊……算是吧，不過真的是很久以前的事了……」

最終還是敵不過花鈴充滿好奇的眼神，我只好稍微透露一點。

「很小的時候，我對一個和我年紀相仿的男孩子滿有好感的。他在公園救了當時被附近壞孩子欺負的我。在那之後的好一陣子，我們常常都會一起玩。不過，兩人的關係也就僅止於此。」

過去遇到的那名男孩，之前也曾向天真提起過。

這是我心中非常重要的一段回憶。

「截至目前為止，我喜歡過的對象就只有他而已。現在則是沒有對哪個異性有任何好感。」

「原來是這樣。那麼姊姊在那之後，就沒再談過戀愛嘍？」

沒錯……我現在並沒有戀愛對象，也不可能會喜歡上天真。

之前大家一起去蜜月旅行時，我在回程的電車上聽見了花鈴對天真的心意。

當時的我，的確就好像被人直接握住心臟般地一陣揪心。因此有一瞬間，我還以為自己或許喜歡上天真了。雖然說來丟臉，但這是事實。

可是，我說什麼也不能承認當時心中的那道情愫是真實的。

既然要成為妹妹——花鈴的戀愛後盾，自己就絕不能那麼做。

再說了，想也知道那只不過是一時的鬼迷心竅罷了。都是因為花鈴冷不防地向我坦白心意，我才會一時陷入混亂。我怎麼可能會喜歡上那傢伙。

所以，像現在這樣陪花鈴進行戀愛諮詢，自己心底一點也不覺得苦澀；被問到喜歡的對象時，也壓根都沒有想到天真……呼啊呼啊……

無論是和他一起練習結婚典禮時……還是被他拯救時……才沒有半點……心動的感

覺呢……啊啊嗯……更別說看到天真和雪姊、花鈴在一起時，怎麼可能……會感到一絲的嫉妒——

「哈嗯……天真……多看看我嘛……」

「姊姊……？妳到底怎麼了？妳看起來似乎很難受耶……？」

「啊！」

啊、啊啊啊啊，我這個大笨蛋！居然差一點就在花鈴面前發情了！是說才不是那樣！我才不會因為想到天真而發情呢！

的確，天真以人品來說並不壞，甚至可以說是個大好人。作為人類來說，我是滿喜歡的啦……不過，我是絕對不可能對他發情的！更別說自己會喜歡上他，絕對不可能！所以，就算因為對他太冷淡而被他討厭，我也不會後悔！因為我真的！絕對！不會喜歡他！

「啊——討厭啦！那個笨蛋！我最討厭他了！」

「姊、姊姊？妳怎麼了？」

為了否定自己的心意，我朝著天空放聲大喊。

同時，我也再次下定決心先和天真保持距離，直到一時鬼迷心竅的這道情愫消失無蹤為止。

※

「為什麼我得被她像這樣避之如鬼神呢……？」

結果只能一個人回家的我，一路上仍然思考著月乃的事。

最近這陣子，她對我的態度果然明顯很不對勁。無論是在家裡還是學校，總覺得她非常刻意地躲著我，向她搭話時也總是露出一臉厭惡……

難道她又是為了預防發情，才會和我保持距離嗎？不過，感覺又好像不太一樣。只是我真的不記得自己做錯過什麼。

總之，繼續和月乃維持這種近乎冰點的關係下去，並不是好現象。再這樣下去，會害得自己沒辦法好好履行臨時夫婿的職責。

還是找個機會與月乃開誠布公地好好談談吧。如果原因真的出在我身上，那就好好向她道歉解決問題吧！

正當我如此思考時，腳步也正好來到家門口——我的老家根本無法比擬的三姊妹豪宅。我邊說「我回來了～」邊穿過玄關，準備回到自己的房間。

就在此時——

「歡迎回來！天真學長！」

花鈴從廚房跑出來，特地來到門口迎接我。她的身上穿著可愛的小花圍裙。

……老實說，我有一瞬間還以為是裸體圍裙；還好底下確實穿著制服。

「我回來了。花鈴，妳在煮什麼嗎？」

「是的！我剛好突然想做點心！現在正在烤餅乾！」

哦……還真難得耶。我記得花鈴應該不擅長料理才對……

「所以呀，天真學長，能不能拜託你一件事……」

「拜託我？」

「花鈴烤好的餅乾……想請學長幫忙試味道，可以嗎？」

花鈴用著一臉像是害怕被我拒絕似的不安表情開口詢問。

「試味道？我嗎？」

「如果學長不嫌麻煩的話，拜託！」

「我是不會覺得麻煩啦，只是找我試味道好嗎？」

如果想要尋求有用的建議，最好還是去問雪音小姐之類的會比較好吧。畢竟她應該對做點心很有經驗才對。

「我就是想問天真學長！因為做出美味的點心，也是新娘修行的一環呀！所以才想詢問扮演夫婿的學長意見嘛！」

原來如此。如果可以做得一手好點心，以新娘子來說的確會很加分。協助進行新娘修行是我很重要的工作，我有義務奉陪到底。

「我明白了。既然是這樣，我很樂意幫妳試味道。」

「太好了！謝謝學長！」

花鈴欣喜若狂地深深低頭致謝。

「那麼現在做到哪個階段了？有沒有什麼需要幫忙的？」

「不用了！現在正在烤！應該就快好了，學長再等一下喔。」

聽她這麼一說，我這才發現廚房傳來一陣香氣。這是點心即將出爐前，令人雀躍不已的味道。

沒多久，大型烤箱發出提示音，通知調理已經完成。

「啊！看來剛剛好完成了！」

花鈴喜孜孜地踏著小跳步，前去打開烤箱門。

她戴上隔熱手套握住把手，喀嚓一聲打開大大的烤箱門。

接著從裡頭取出的東西是——

「噫……！」

焦黑的圓形物體。

大概是溫度設定太高了吧，花鈴做的餅乾全都烤焦了。

「嗚嗚……這下全搞砸了……這樣子根本不能拿給學長吃嘛……」

花鈴淚眼汪汪，明顯一臉沮喪。

「不、不會啦……總之我吃吃看，妳難得都烤了。」

我安慰花鈴，並將餅乾稍微吹涼後放進嘴裡。

「咦……？還是能吃呀。應該說，還挺好吃的。」

「真、真的嗎？」

「嗯，很好吃喔。尤其風味非常不錯，只是焦香味稍微重了一點點——」

「那就是烤焦了嘛〜〜〜〜！」

聽到我的感想後，花鈴重重地垂下肩頭。

「嗚嗚嗚嗚嗚……失敗了啦啊啊啊啊……」

呃，沒必要那麼消沉吧？我真的覺得很好吃呀。

不過，我自從家道中落之後，每週有一天只能用路邊的野草煮粥吃……味覺很可能有所偏差就是了。

「虧我還想利用美味的手工點心來拉抬好感度……唉，這對花鈴來說果然太困難了……想要學會做點心，可能還得再修行一百年吧……」

「喂、喂……妳還好吧？花鈴……」

花鈴低著頭，自言自語地不知在碎唸些什麼，整個人散發出一種即將墜入黑暗之中的危險氛圍。

「別太沮喪啦。任誰一開始都會失敗啊。改天再努力看看吧？」

「不，人家還沒放棄呢……既然如此，只好使出最後手段！」

「最後手段？」

「天真學長！你等我一下喔！我這就開始準備！」

花鈴說著，便將我從廚房趕到走廊，接著關上門。

她該不會打算現在開始重做吧？應該很花時間吧……不過，既然已經答應要幫忙了，總不能丟下她不管。

沒辦法了，在花鈴說好之前，我只能在走廊默默等待。

約莫過了二十分鐘吧，廚房裡傳來花鈴的呼喚聲。

「學長——！讓你久等了！可以進來嘍！」

「喔……比我想像得還快嘛。」

我打開門，從走廊進到廚房裡，然後放眼尋找正在裡頭的花鈴。

只是，眼前所見的並不是平時的花鈴。

「…………………嗯？」

出現在我面前的，是個全身淋滿黑色不明液體的少女。液體散發出的甜膩香味撲鼻而來，是有如巧克力一般的香氣。

應該說，那根本就是巧克力。

一絲不掛的花鈴全身塗滿了巧克力，站在一塊塑膠帆布上。

「嘿嘿嘿……學長，如何？花鈴看起來是不是很可口呢？」

這……這……這……！

這傢伙在搞什麼啊————————————！

這是什麼？這傢伙在想些什麼啊？又是往常的暴露ＰＬＡＹ嗎？

「啊哈！幸好我早就料到會這樣，所以先買好了大量的巧克力♪」

微笑說道的花鈴，身體在巧克力光澤的裝飾下，綻放出油亮亮的美豔光輝。

而且胸部上半部和屁股等部位因為巧克力塗得比較薄，底下的白皙肌膚若隱若現。

巧克力沿著她的肌膚滑落的情景，有種莫名的背德感。

「來吧，學長！這就是花鈴的甜點！依照約定，請學長好好試味道吧！」

啊啊，原來如此。原來是這麼一回事啊。「因為做不出美味的點心，就由花鈴化身為點心吧♪」的反向思考是吧？

不，沒人感到佩服好嗎？反而只會覺得妳腦袋有洞喔！少一臉得意了！

「這個只要利用隔水加熱融化巧克力就好，還能同時享受暴露的樂趣！呼啊呼啊……害人家悄悄興奮了起來……！」

花鈴沒有沾到巧克力的臉頰染滿紅暈，表情顯得迷濛恍惚。大概是感受到快感吧，她的身體小幅度地顫抖著。

「學長，不要客氣，儘管享用吧！舔掉巧克力，好好看看花鈴的裸體吧！」

「我拒絕！」

我冷冷丟下一句後，便拖著花鈴前往浴室。接著我以蓮蓬頭對著她猛沖，將她身上的巧克力清洗乾淨。

之後連同浪費食物的罪狀，我對她訓話了將近一小時。

※

罵完花鈴後，我代替垂頭喪氣回到房間的花鈴收拾廚房。先清洗好廚具和托盤後，再把地板上的巧克力擦乾淨；這個作業超級耗費體力的。

不過，無論如何都必須趕在雪音小姐開始準備晚餐前，把廚房整理乾淨才行。

「我回來了～」

正當我這麼想時，玄關正好傳來雪音小姐的聲音。我走出去一看，只見雪音小姐手上提著超市的袋子，「呼……」地吁了一口氣。

「歡迎回來，雪音小姐。今天好像比平常晚呢。」

「哈哈哈，抱歉～因為今天要忙學生會的事……」

學生會……這麼說來，雪音小姐是學生會長嘛。

「你也知道校慶就快到了，學生會正忙著校慶的準備工作……而且，其中一名幹部受傷必須住院，所以很多地方都缺人手～」

「原來是這樣……還真是辛苦耶。」

最忙碌的時期偏偏人手不足。至今為止我也曾多次在打工時，體驗過那種地獄般的慘況。過去最辛苦的應該是那一次吧。以前接下旅館房務清潔的打工時，記得有一天包含我在內的三個人必須打掃一整層不管再怎麼打掃都打掃不完的退房後客房。我把那次稱為「賽之河原事件」。（註：賽之河原是比雙親早亡的子女，為早亡的不孝受苦，而在冥界推積石塔的地方。在石塔完成前，由於鬼會不斷破壞塔，因此有「徒勞」和「得不到回報的努力」之意。）

總之，我非常清楚她的辛勞。這種時候身為臨時夫婿的我，更應該好好支持她。

「妳還好嗎？如果很累的話，煮飯的工作就交給我吧？」

「我沒事。平時已經忙慣了，而且我是這個家的長女，必須當大家的支柱才行。」

雖然很想替她出一點力，但總會被她婉拒。

「而且還有副會長愛佳在，人手不足這點小事根本不算什麼。」

「咦？愛佳小姐嗎……？」

這麼說來，她好像曾經說過自己也就讀同一所高中……

愛佳小姐是三姊妹的父親肇先生的祕書，和我一樣很清楚三姊妹的性癖。

之前和三姊妹們前去蜜月旅行時，她以監視者身分一起跟來，害我吃了不少苦頭。

所幸最後愛佳小姐認同了我，並把三姊妹託付給我。

她的工作能力確實沒話說……雖然家事方面簡直是毀天滅地級的超級兩光。

「真的沒問題嗎？就算妳們兩人再優秀，沒日沒夜地工作也不好喔？」

「咦？該不會天真學弟是在擔心我吧？」

「那是當然的了。身為臨時夫婿，會擔心很正常吧？」

「哇～！謝謝你！好乖、好乖～」

「咦……？等等，雪音小姐——唔咕！」

雪音小姐往我飛撲而來，不由分說便使勁抱住我！

「不過，你有這份心意就足夠了～反而是我要好好慰勞天真學弟才對～」

「嗯────！嗯────！」

好難受！不能呼吸了！我快窒息了！是說這簡直羞恥得要命耶！

被雪音小姐用力擁抱，我整張臉埋在她的胸口──柔軟卻又富有彈性的美胸。不僅如此，還隱約散發出一股淡淡的甜甜奶香……！

「天真學弟，你完全不必介意，盡情當個撒嬌鬼，露出更邋遢的一面吧！」

「那樣就只是個軟爛男罷了吧！」

我拚了命地抵抗，總算從雪音小姐的胸前得到解放。

「呼啊……呼啊……！這人是怎樣……虧我還擔心她……！」

雪音小姐總是像這樣捉弄我，再藉機轉移話題。她大概是覺得把我壓進胸前，我就會因為害羞而失去方寸吧。事實上，我的確無法保持冷靜就是了……

不過，我可不會老是中同一招。既然如此，就算是賭上一口氣，我也要幫她一起準備晚餐。正因為平時都交給雪音小姐，偶爾也要替她盡點力才行！

「雪音小姐，今天的配菜要煮什麼？」

「今天的配菜嘛～就．是．我☆」

雪音小姐一邊這麼回答，一邊撩起衣服解開胸罩，她那飽滿豐彈的巨乳波濤亂顫地裸露出來。

「不對，妳突然這是在做什麼——————！」

「咦？因為你不是想吃配菜嗎？身為奴隸，當然就應該交出身體嘛！來吧，主人！請隨心所欲地玩弄我的胸部吧！」

「我是指晚餐的配菜啦！是說妳根本是故意的吧！」

「哈哈哈！晚餐是炒烏龍麵喔。我現在就開始準備，天真學弟先回房間休息吧～」

「喂，雪音小姐！等一下！」

雪音小姐趁著我正全力從她的胸部撇開視線的間隙推著我的背，彷彿宣示「這裡是女人的戰場！」似的將我趕出廚房。

結果那一天，雪音小姐同樣獨自攬下所有家事。

※

真受不了……那三姊妹全是大變態。只要我稍微一個不留神，她們就會毫不猶豫地向我露出胸部、內褲和全裸，有好幾次還打算襲擊我。而且甚至完全不分時間和地點打算對我做出變態行為，真的很擔心會被其他人發現。

要是她們三人的性癖曝光，消息一定也會傳到三姊妹的父親肇先生耳裡。到時候，他一定會立刻開除僱來守護三姊妹清白的我。如此一來，我就無法還清家裡的債務，三姊妹也會因為祕密被傳開而深陷地獄。

正因為如此，我無論如何都必須在祕密曝光前，改正她們的性癖。

放學後，我繞到學校附近的書店瀏覽與性有關的書籍，想要從中尋找解決辦法。

『好棒……！老師的這裡好大……吶，已經可以進來了吧？』

『不、不行！住手！放開我的分身——啊啊！』

『哈嗯！好棒！光是進來而已，就快高潮了！要去了！那裡不行了！』

「哼嗯，原來如此……這確實很耐人尋味……」

我現在正在閱讀的書籍是《女校凌辱物語～美少女們的處男霸凌～》。內容是描寫到女校任職的處男教師，被女學生們吃乾抹淨的故事。也就是所謂的官能小說。要防止三姊妹的好色行為，最快的捷徑就是了解好色行為。基於這樣的想法，我才會在這裡分析這本書。

一邊讀著男老師被女學生以騎乘位侵犯的場面，我一邊全力思考。

『太舒服了，腦袋彷彿和那裡相連在一起了！那裡就好像我的化身一般！』

『夏、夏希……！快點停止吧……！如果做這種事，老師我會——』

『不行！光是這樣還不夠！如果想要我停止，就更加滿足我吧！』

「把這個場面進行因數分解後……得到的結果便是想要阻止好色行為，就必須利用更強烈的快感來讓對方獲得滿足是吧？」

哼嗯……真是有意思的手段。只不過，實在想不到有什麼手段可以讓三姊妹獲得更勝好色行為的快感。

而且，總覺得這並不能算是根本的解決之道。就算可以暫時滿足她們，但不久之後，她們的性慾一定又會重新湧現。

可以的話，還是希望可以想個澈底根除性癖的辦法。

「一条同學……？你在做什麼……？」

「嗯……？」

突然聽到有人叫我。

我大感疑惑地從色情小說抬起頭，就看到我的身邊站了一個女孩。

身穿青林制服的那名女孩，留著一頭及肩短髮。給人文靜印象的臉龐，現在則是一邊指著我，一邊半張著可愛的櫻桃小嘴，露出因驚訝而扭曲的表情。

這個人……是誰啊？我不記得我見過這個女生，但是她為什麼知道我的名字？

「一、一条同學！你怎麼會閱讀那種書？」

當我陷入混亂時，她又再次逼問。

「咦？啊……」

經她質問我才意識到自己手上正拿著《女校凌辱物語～美少女們的處男霸凌～》。

「那、那是色情小說吧？十八禁的官能小說……！」

「呃，不是的……這是有不得已的苦衷……」

「無論任何苦衷都不行！因為那是非常不健全的刊物耶！」

女孩顯然對於色情書刊感到非常厭惡，單方面滔滔不絕地否定。

「真不可置信！簡直不敢相信！居然穿著制服站在書店裡閱讀這種書！一条同學真是差勁透頂！你為什麼會做出如此愚蠢的事呢？」

呃，也是啦……穿著制服看色情書刊，確實是我一時思慮不周……

不過，被人這樣不由分說地指著鼻子罵，我也不禁有點火大。我又不是出於喜好才讀這種色情書刊，而是為了解決三姊妹的性癖，逼不得已只好從中做功課。

「聽好了，一条同學！立刻停止閱讀那種書！閱讀色情書刊可是違規的喔！」

「……抱歉，我無法答應。」

被她說得這麼難聽，我也不由得有點賭氣。

對我來說，閱讀色情書刊只是工作。不管她再怎麼警告，我也不可能停止！

「我必須讀這本書，任何人都休想妨礙我。等著瞧，我一定會澈底讀完整本書！」

「那道莫名其妙的堅定意志是怎樣？我可先聲明，這樣可是一點也不帥氣喔？」

「少囉嗦！是說，妳沒資格警告我吧！」

「當然有！重點是，學生本來就不能閱讀那種書！」

她邊說邊伸手指向書架上標示的「十八禁」文字。

唔……還真是一針見血……！

「就、就算是這樣！我還是必須閱讀色情書刊才行！又不是只有遵守規定才是正義！有時也必須打破規定才行！」

「什麼歪理，真差勁！令人不敢相信！一条同學究竟有多喜歡色情書刊啊？」

「總之，請妳不要管我了！現在正讀到重頭戲耶！」

「～～～唔！不理你了！一条同學是大變態！色狼！強姦犯！」

「喂，那很明顯說得太誇張了吧！」

「我絕對不會允許！這種事絕對是不對的！」

少女最後撂下這句話後，便走出店外。

……她究竟是怎樣？突然出現叫嚷一頓後，接著說走就走……

雖然應該是同校的學生，但我並沒有見過她。不確定是不是和我同年級，該不會是三姊妹的熟人……？畢竟她知道我的名字……

「……算了，再想也沒用。」

總之，現在必須閱讀色情書刊，繼續好好分析才行。

不過在那之前，還是先把剛才想到的靈感筆記起來吧。

「咦，奇怪……？」

我伸手探找胸前的口袋，裡頭卻空空如也，找不到平時都會隨身攜帶的記事本。

這麼說來，今天放學時，我好像拿出來抄完今天的功課後，就收進抽屜了……

「沒辦法……只好回學校一趟了……」

我懷抱著忘記拿東西時特有的淡淡哀傷，走出了書店。

※

「不過……今天也沒有突破性的收穫嗎……」

回到學校後，我沿著通往教室的路邊走邊喃喃自語。

想要找到有關於變態性癖解決之道的記載，果然不是一件簡單的事。看來還是只能藉由閱讀官能小說之類的手段，從中思考具體方法了。

「只是這簡直困難得要命……」

如果是強硬的手段，我姑且還是想到了。那就是威脅她們：「再不改掉變態行為，我就要散布出去！」

只是這麼做根本沒意義。

要克服三姊妹的性癖，終究還是得讓她們自然而然地改掉性癖才行。必須是她們本身都能認同，才能再來談戒除性癖。

即使以強硬手段剝奪三姊妹的性癖，也只會傷害她們而已。畢竟我是為了讓三姊妹得到幸福，才會希望她們戒掉性癖，使用強硬手段根本是本末倒置。

經過蜜月旅行的花鈴那件事後，我才領悟到這一點。硬逼自己戒掉性癖的花鈴，反而更加受傷了。

「果然首要之務，還是得先好好了解她們三人才對……」

我重新回頭深思當時花鈴的那件事，都是因為我沒能充分理解花鈴對於暴露所抱持的信念，才會導致失敗。

反之而言，想要以正確的方式解決性癖，就必須進一步深入了解三姊妹以及她們的性癖。

要幫她們克服性癖，唯一的辦法就是好好認識她們，再從中找出克服性癖的方法。

「既然決定好了……就趕快來調查吧！」

首先就從詳細調查三姊妹的性癖開始著手。

仔細想想，其實我對她們的性癖一無所知。雖然關於花鈴的「暴露狂」，已經在蜜月旅行時聽她詳細說明過了；但針對月乃和雪音小姐的性癖，我知道的就只有「發情癖」和「被虐狂」的特性而已。

為什麼會萌生這種性癖，又是從什麼時候開始湧現情慾的，只有詢問本人才會知道。只要可以取得性癖的相關情報，再憑藉我天才般的頭腦，應該就能推導出克服性癖的方法吧。

月乃這個時間大概已經回家了。而且她最近一直躲著我，感覺很難找她談這些事。

既然如此，只好先從雪音小姐著手了。她現在應該還在學校才對。昨天也是很晚才回家，而且她有說學生會的工作很忙。因此，我猜她現在大概正在學生會辦吧。

「總之先去拿記事本，再到學生會辦看看好了。」

可以的話，順便邀她一起回家看看。只有趁著兩人獨處時，才能和她聊性癖的事。

畢竟在家的話，很可能會被其他姊妹聽到——

正當我邊走邊思考時——

突然有個不明物體閃進視野。

「嗯……？」

我沿著樓梯準備前往教室所在的二樓，來到中間的平臺時——

有個人以臉朝下的姿勢倒臥在地上。

「唔！」

而且總覺得那個身影非常眼熟。那頭長髮和身形，該不會……！

「雪、雪音小姐！妳沒事吧？」

我急忙跑過去扶她起來。

一看到臉，果然是雪音小姐。她美麗的臉龐難掩憔悴，明顯露出疲態。

「雪音小姐！妳怎麼了，雪音小姐！」

「唔……唔……天真……學弟……」

幸好還有意識，只是聲音聽起來毫無生氣。

不、不會吧……！究竟發生什麼事了？

總之得先帶她去保健室！必須立刻讓她躺下來好好休息才行！

為了扶起她，我將她的手臂繞過我的肩膀。

「雪音小姐，請原諒我失禮了！妳有力氣動嗎？」

當我詢問完，雪音小姐便有氣無力地呻吟道：

「唔唔……感……」

「感……？」

「感……覺……」

果然感覺很不舒服嗎？但還是必須趕快去保健室——

「感覺好舒服～～～～～～～～～～～！」

「…………………………啥？」

她剛才說了什麼……？

不……不不不不不不，不可能的，絕對是我聽錯了。

如此病懨懨的人，怎麼可能會說出「好舒服～～！」這種話——

「又忙又累……實在太舒服了！讓我全身顫抖，忍不住興奮起來！」

她真的有說……她確實說了……

「舒服過頭，胸部都漲大了……！」

這是什麼原理啊！

「被逼入絕境的感覺好棒！我還想更加忙得昏天暗地……呼啊嗯……！」

她流洩出恍惚的嘆息，一臉淫靡的舒暢表情。

看著她的臉，我頓時恍然大悟。

喂喂喂……這也太神奇了……！她居然就連忙碌都能觸發性亢奮！即使工作忙到都累倒了，還是完全能夠發情！

這實在太令人驚訝了……不愧是天生的被虐狂公主。根本任何常識套用在她身上都不管用。

我抖開肩膀上雪音小姐的手臂，總之與她保持三步的距離。

「雪音小姐……現在究竟是什麼狀況……？」

「啊啊嗯，天真學弟，好像害你擔心了，對不起喔。不過，我真的沒事……」

不，她怎麼看都不像沒事。最好立刻去一趟醫院比較好——去檢查一下腦袋。

「我最近因為太忙了，完全抑制不了興奮。所以啦，天真學弟你看！」

雪音小姐以跪姿出其不意地撩起裙子。

「咦……？」

她底下穿著的黑色內褲與肉感十足的大腿隨即露了出來。

那幅光景讓我目不轉睛地當場石化。不過，我並不是因為被她露出內褲的身影迷住，才緊盯著不放；而是被其他更具衝擊力的事物吸引了目光。

「其實呀……我從今天早上開始，就一直做著這些事喔……」

超越露內褲的震撼彈正是——布滿她身體的無數猥褻塗鴉。

雪音小姐的大腿上寫著「絕對服從」、「被虐狂奴隸」、「我是變態被虐狂☆」等不堪字眼，空白處還畫有大量的「正」字記號。胯下一帶甚至寫了「慾求不滿」與「主人專用」的文字，而且還在文字旁畫了箭頭指向私處，大大提升了猥瑣度。

「…………」

啊。無言以對就是如此吧。總覺得完全無話可說。

這個變態……居然在裙子底下進行這種下流PLAY……！

「啊……被看到了……被天真學弟看到丟臉的祕密了……！」

「等等，現在不是興奮的時候吧——！快點遮起來啦！」

萬一現在有人經過，一切就完了！我二話不說便揪住她的裙子往下拉，然而——

「嘿嘿嘿，其實胸部也有寫喔♪」

「唔哇——！」

雪音小姐敞開襯衫的前襟，露出胸口上半部的文字「盡情地大揉特揉吧☆」。這人完全病入膏肓了。

「主人……請好好懲罰如此變態的我吧……！」

完全發情的雪音小姐吐露著濃濃情慾的喘息，向我露出身上的文字。

是說這個ＰＬＡＹ也太危險了吧！

剛才那些文字都寫在超級踩線的位置，要是一個不小心，很可能就會被看到。例如突然一陣強風吹起裙子的話……或是基於某些理由而必須換衣服，在更衣室露出肌膚的瞬間……

一旦這些ＰＬＡＹ被看到，她的變態本性就會澈底曝光。她究竟知不知道事情的嚴重性？

「雪音小姐！妳為什麼偏偏要玩這麼高風險的ＰＬＡＹ！」

「因為這樣比較興奮嘛。只要一想到可能會被發現自己是靠著寫這些猥褻字眼來取樂的大變態被虐狂……被發現自己是淫亂的女奴隸……！啊啊嗯……不行了……全身忍不住顫抖起來……！」

鋪天蓋地而來的快感，使得雪音小姐流露出一臉迷濛蕩漾的表情。

我、我明白了……正因為她是被虐狂，才會總是喜歡把自己逼入絕境吧。之所以會故意從事露餡邊緣的變態行為，以及明明都忙到累倒了還是硬撐著繼續工作，原因都在於此。

尤其現在學生會忙得焦頭爛額，她才會因此而失控吧。由於被折磨到了極限，使得性癖的自制力有所鬆懈了。

再這麼下去，早晚會被人發現她的性癖。

「我、我……太墮落了……從大家的學生會長，墮落成性奴會長了……」

這可不行！不能繼續這樣下去！

絕對不能放任這種狀態下的雪音小姐不管。我身為臨時夫婿，有義務抑制她的性癖，必須設法排除讓她暴走的原因。

只是，我究竟該怎麼做才好……？

『其中一名幹部受傷必須住院，所以很多地方都缺人手～』

我驀然想起昨天的對話。

她昨天曾說過，學長會目前正面臨人手不足的窘境，因此才會這麼忙碌。

換句話說，將雪音小姐逼入絕境的原因，正是人手不足導致的忙碌狀況。要解決這一點——辦法只有一個！

「雪音小姐……我有一個請求。」

「咦……？」

雪音小姐用愉悅扭曲的表情看著我。我朝她深深低下頭，接著開口說：

「請讓我加入學生會！」

第二章　學生會的祕密

就在我為了守護雪音小姐的祕密，自告奮勇加入學生會的隔天——

在雪音小姐的安排之下，我獲准以臨時成員的身分參加學生會的活動，直到校慶結束為止。大概是因為原本的成員之一受傷住院，因此才特別破例核准的吧。於是放學後，我立刻前往學生會辦。

我在學生會的工作，可以細分為三項。

第一項是分擔雪音小姐的工作，減輕她的負擔，以免她因為太忙碌而感到興奮。第二項是貼身監視她，防止她在其他人面前失控。至於第三項則是從雪音小姐口中套出有關於性癖的情報。

簡而言之，目的就是要設法解決她的性癖。

總之，今天預定先和學生會的幹部打個照面，而且為了執行這些工作，必須先在學生會內打好關係以方便行事。因此開頭非常重要，務必多加留意給人的第一印象，確實提升好感度。

正當我這麼想時，不知不覺已經來到學生會辦前。

我深呼吸兩三次，接著滿懷緊張的心情打開門。

「抱歉！打擾………了？」

瞬間，眼前映照出七彩奪目的光景。

學生會辦裡出現的是——身上僅穿著內衣褲，呆立在原地的三位女孩。

「哎、哎呀……？天真學弟……？」

其中一人當然是雪音小姐。她身上穿著性感洋溢的紫色內衣褲，包裹住呼之欲出的美胸與吹彈可破的豐臀。當下的她正一臉驚訝地瞪大雙眼望著我。

「怎、怎麼會……！門、門鎖居然……？」

站在雪音小姐右側的是愛佳小姐。她穿著成熟冶豔的黑色內衣褲，內心的不知所措與動搖表露無遺。

「…………唔！」

至於雪音小姐的左側，則是站著一名非常眼熟的少女。她身穿白色內衣褲，留著一頭及肩的短髮。那個人正是昨天在書店遇到、有著文靜面貌的那名少女……

她和我一對上視線，瞬間原地石化，整張臉紅得像是被燙熟了似的。

半晌後——

「呀啊啊啊啊啊啊啊啊啊啊啊啊啊啊——————————！」

她發出幾乎快要震碎玻璃的尖叫聲。

※

「真的非常抱歉……」

事件之後，我向會辦內的三人下跪乞求原諒。

我在搞什麼……居然會因為太緊張而忘了敲門……

「哈哈哈……真的害我嚇了一大跳呢～我以為你晚一點才會過來～」

「應該確實鎖好門才對……我太大意了……太大意了太大意了太大意了……」

先撇開滿不在乎笑道的雪音小姐，愛佳小姐太恐怖了。她的眼瞳完全沒有半點光明，嘴巴張張合合地不知在碎唸些什麼。

「事到如今……只好讓天真大人消失了……」

拜託不要碎唸那麼危險的發言啦！

不，只是……現在問題最大的是另一名女生……

剛才也和雪音小姐她們一起待在會辦裡的那名我昨天在書店遇到的少女。

「…………」

她從剛才開始就一直不發一語地瞪著我。眼神比昨天更加銳利，完全可以感受到她的怒氣。總之，似乎有必要更加誠心誠意地表達歉意才行……

「那、那個……剛才真的很抱——」

「居然偷看女生換衣服，低級！」

正當我準備道歉的瞬間，她搶先一步指著我破口大罵。

「下跪歸下跪，但是你真的有在確實反省嗎？在我看來，那只不過是形式上的賠罪而已！」

「絕、絕對不是！我是真的感到非常抱歉！」

「嘴上這麼說，但總覺得沒什麼誠意耶？因為你明明看到女孩子的裸體，反應卻似乎不怎麼慌張。可見你心底其實正在竊喜吧？」

「妳誤會了！我完全不覺得開心！」

我之所以相對顯得冷靜，都是因為平時身邊就有老是露出內衣褲或全裸示人的傢伙在。儘管並非出自我的本意，但早就習慣了這種意外事故。

「一条同學果然只是單純的變態吧？平時一定也常常偷看女生換衣服吧？或者假裝不小心推倒女孩子吧？」

「才、才沒有！妳真的誤會了！請原諒我吧！」

我再次磕頭下跪，拚命乞求原諒。為了表達我的誠意，我將頭貼在地板上，展現出全心全意的磕頭下跪。

然而，過程中有道疑問讓我不由得偏過頭。

「是說……為什麼妳會知道我的名字？」

我昨天就有這個疑問了。我到現在都還不知道她的名字，不過她為什麼單方面知道我的名字？

「怎麼可能不知道……我好歹是你的同班同學耶？和你同一班的布施圓。」

唔呃，真假？還以為和她素不相識，居然和我同班嗎！明明天天都有打照面耶！

也就是說，從布施同學的角度來看，那時候只不過是「正巧發現素行不良的同班同學，因此以熟人的立場提醒一下」的感覺吧？

這下傷腦筋了……我在不知情的情況下，對她擺出囂張傲慢的態度。

然後今天又不小心撞見她只穿內衣褲的樣子。這些印象簡直糟糕透頂了……

「抱、抱歉……我不太會認人……而且平時總是顧著念書……」

「哼，無所謂！反正被變態記住，也沒什麼好開心的。」

看來布施同學已經把我認定為具有危險性的變態了。

「另外，可以不要再跪了嗎？就算你堅稱是誤會，也完全沒有可信度。再說，我也不打算原諒你。」

「唔咕……我、我明白了……」

既然她都這麼說了，那也無可奈何。儘管不希望心底留下疙瘩，我還是決定停止下跪、站起身來。

只是……目前的學生會成員加上我就只有四個人嗎？

雪音小姐和愛佳小姐倒是無妨，但布施同學真的是個大問題……成員裡有個死對頭的話，各方面都會綁手綁腳，得想辦法與她拉近距離……

「不好意思，天真大人。」

「嗯？」

正當我陷入思考時，愛佳小姐朝我招招手，小聲地呼喚我。我順著她的意思走向她所在的社辦角落。接著，她開門見山地詢問：

「您會參加學生會，是為了守護小姐的祕密嗎？」

「妳真了解呢……正是如此。」

不愧是愛佳小姐，完全看透我的想法。

「最近的雪音小姐比平時更加淫蕩，所以我才想就近阻止她失控。」

「我也注意到了。假如天真大人沒有行動，我應該也會主動去找您商量。」

原來如此。這就表示雪音小姐的性癖已經失控到連愛佳小姐都發現了。

「雪音小姐有時會穿著制服玩龜甲縛ＰＬＡＹ，甚至會以那副模樣獨自遊蕩在傍晚的校舍；或是玩起自拍，沉浸在全新的快感之中……」

那再怎麼說都失控過頭了吧！

「總之，我也會盡可能支援天真大人，小姐就拜託您了。」

「我知道了，包在我身上。」

不過除了自己以外，居然還有同伴在，真是太謝天謝地了。光是如此，心中的大石就輕了許多。

「那麼……總之，這下大家都已經打過照面了吧？」

原本只是在一旁默默看著的雪音小姐，此時對眾人開口。

「雖然很想任由大家慢慢聊，但差不多該開始工作了。從今天起，多了天真學弟這名生力軍，在校慶之前大家一起努力吧～」

「喔——！」雪音小姐俏皮地舉起手，眾人也配合她跟著舉手。

「總之，因為老師找我，我得先去一趟教職員辦公室。我不在的這段期間，就請小圓幫我向天真學弟講解一下工作好嗎？」

「咦咦？」

布施同學毫不隱藏對我的厭惡感，露出一臉絕望的表情。

「我、我嗎……就我和一条同學兩個人……？」

「嗯。你們同年級，應該比較聊得來。另外也希望你們能趁這個機會增進感情。」

大概是看到我和布施同學之間劍拔弩張的氣氛，所以雪音小姐才特別顧慮我們吧。只是這樣應該只會有反效果吧……我有預感兩人反而會變得更加尷尬。

「而且，天真學弟並沒有妳想得那麼壞啦。所以嘍，能不能拜託妳呢？」

「唔……雖然我真的非常不願意……但既然是雪音會長的指示，我一定會賭上性命全力以赴！」

布施同學小題大作地誇張回應。

「不必太有壓力啦～反正我們馬上就會回來了。」

「不！既然是會長的命令，我一定會使命必達！」

看來她肯定對雪音小姐懷抱著崇高的敬意吧，連語氣都變得怪怪的。

「哈哈哈……總之就拜託妳嘍。那麼，愛佳能不能陪我一起去呢？」

「好的，我陪您。」

「祝會長與學姊好運～！」

雪音小姐與愛佳小姐在布施同學的目送下走出會辦。

而在離開前，愛佳小姐朝我輕輕點頭示意：「小姐就交給我吧。」

既然有愛佳小姐同行，雪音小姐應該也會乖乖安分吧。我也同樣點頭回應。

之後，會辦裡就只剩下我和布施同學兩個人。

「呃，那個……請多多指教了，布施同學。」

「哼！」

我展露出最大限度的笑容說道；布施同學則是以鼻子哼了一口氣，用力撇開頭。

啊啊，真是夠了，超難搞的！她這種態度，要我怎麼和她增進感情啊？再說了，她真的會向我講解工作嗎？總覺得有點擔心。

不過，她大概也無法無視雪音小姐的命令吧。她先是大大地哀嘆一聲，接著便開始切入工作話題。

「那麼……我們先把平時的業務解決掉吧。」

「平時的業務？」

對喔。雖說正值校慶準備期間，但日常的例行工作並不會因此而消失。

「總之，今天的工作就是看完意見箱的意見表。」

「意見箱……那是什麼？」

「啥……你居然連這都不知道嗎？」

布施同學一臉像是在說：「變態就是這樣才惹人厭……」眼神滿是無言地望著我。

「就是擺放在校舍各個樓層的箱子。有任何煩惱，或是對學校有任何要求，都可以投進這個箱子。」

這麼說來，好像就擺在樓梯的前面吧。專用的意見表也放在一起。

「首先得去回收意見表，再確認內容。話雖如此，今天都已經回收好了。」

我定睛一看，桌面上排列著應該是從各個樓層回收的意見表。數量約莫有五十張，比我想像得還要多。

「接下來就請一条同學和我一起確認意見表的內容。當中如果有值得討論的意見，就會提列為例行會議的議題。這可是能夠傾聽學生心聲的重要工作，因此請務必抱持這樣的自覺好好應對！」

「是，我明白了。我會努力的。」

既然如此，那可得繃緊神經認真看待了。只要我認真做好工作，布施同學或許也會稍微提高對我的評價。

我立刻拿起對折的意見表，確認意見內容。

『最喜歡雪音會長了！我會永遠支持妳！』

「……………啥？」

結果出現的是和意見八竿子打不著邊，只是寫給雪音小姐的粉絲信。

這張意見表是怎樣？惡作劇嗎？虧我還兢兢業業地想要認真工作……

我扔掉那張意見表，再次打開另一張意見表。然而……

「喂喂喂……這到底是怎麼回事？」

意見表的內容幾乎都是寫給雪音小姐的情書。

我確認過的意見表當中，幾乎全部都寫滿了像是「我好喜歡妳！請和我約會吧！」或是「一次就好，請和我結婚吧！」之類，密密麻麻地寫著對雪音小姐的告白文章。偶爾還會有「呼哈呼哈……妳穿什麼顏色的內褲呢？」、「洗澡時，會先洗哪一邊的胸部呢？」等內容。這根本只是性騷擾吧！

「真的……奇怪的意見表很多吧？」

總覺得布施同學的口氣顯得很不耐煩。

「我最討厭這種人了！會投這種意見表的人，一定沒有想過看到這些內容的人會有多麼反感吧！再說了，當初意見箱設置的目的可不是用來性騷擾的！而是為了讓學生們能以自己的力量，打造出更好的學校！就是因為這樣，我才會討厭滿腦子只會想到色情的變態們！當然也包括一条同學！」

從她還特地補上最後一句的這點來看，我在她心中的好感度似乎非常低。

不過，她似乎對於變態抱有非常嚴苛的看法。

也是啦，一般的女高中生應該都是這種反應吧。只是我身邊三個人的三觀太不正罷了。布施同學反而才是身心超級健全、又有常識的正常人。

「雖說如此……老實說，我可以理解其中一部分人的心情。性騷擾文當然是例外，我是指像這種粉絲信之類的。」

「咦……？」

布施同學邊說邊拿起一張意見表。那是我最一開始拿起來看、那張單純向雪音小姐表達支持心意的意見表。

「為什麼這種的就可以？不管怎麼說，這都不是意見箱正確的使用方式吧？」

「因為雪音會長真的非常有魅力呀！」

哎呀……？總覺得布施同學的雙眼突然盈滿了熱情。

「會長真的是非常帥氣的學姊！做起事來不僅效率快，而且又仔細！任何事都能做到盡善盡美、毫無差錯！」

「呃、呃……是喔……」

「之前學生們提議將蹲式馬桶改成坐式馬桶時，都是多虧學姊運用三寸不爛之舌，說服了遲遲不願點頭的校務主任和老師們！還有啊，早從前幾任學生會開始就一直提議更換老舊置物櫃，但直到雪音學姊當上會長後提案才終於通過。就連校長都誇獎學姊是歷任學生會長當中最優秀的！」

確實很讓人佩服……特別是布施同學的激昂情緒。

「不僅如此，學姊的個性也非常溫柔！從來不會發脾氣，看到我遇到麻煩時一定會替我想辦法！有一次我不小心弄丟了文件，學姊還陪我一起去向老師道歉……！」

布施同學的眼瞳閃爍著粼粼波光。咦，她在哭嗎？有那麼感動？

「總之，我真的很喜歡雪音會長！她是我長久以來的憧憬！我會自告奮勇加入學生會，就是因為想待在會長身邊！所以，我非常能理解因為太過喜歡，而忍不住將愛意寫在意見表上的心情。當然，我是不會那麼做的啦。」

「原、原來如此……是這樣啊……哈哈……」

這位名叫布施的小迷妹未免太愛雪音小姐了吧？簡直已經到了信仰的程度。雖然我早就知道崇拜雪音小姐的人很多，但萬萬沒想到會有迷到這種程度的強者……

但從另一方面來說，這位布施同學實在太危險了。

如此崇拜雪音小姐的小迷妹萬一知道了她的性癖，不知道會引發什麼後果。最糟的情況甚至有可能會對雪音小姐澈底失望，而將她的被虐狂性癖散播給其他人知道。畢竟她本來就對變態相當排斥嘛。

我決定特別留意布施同學，絕不能讓她知道雪音小姐的祕密。

※

「那麼現在就開始會議吧～」

我和布施同學一起工作了一會兒後，雪音小姐與愛佳小姐從教職員辦公室回來。之後便順勢開始處理與校慶有關的工作，四個人面對面坐了下來。

「事不宜遲……首先要來討論的是校慶的攤位活動。我希望今天能決定好學生會要推出什麼內容。」

雪音小姐說明今天的議題。

「咦？學生會在校慶當天也要推出攤位活動嗎？」

我大感意外地開口詢問後，愛佳小姐便回答我：

「這是當然的了。和其他班級一樣，學生會也必須擺攤開店或是舉辦展覽。」

之前完全不知道。原來學生會的工作並不是只有統籌準備而已。

「你們兩人有想到什麼想做的嗎？什麼都可以喔。」

愛佳小姐接著詢問身為學弟妹的我和布施同學。

「我沒什麼特別想法。因為原本就對校慶本身不感興趣。」

「我想想……好難取捨喔。雖然一般的擺攤開店也不錯，但又想和大家一起上臺表演……例如輕音樂會之類的。」

布施同學和我不同，似乎有許多想法。

「對了，學姊們去年是辦什麼呢？說來參考一下吧。」

「去年是把學生會辦改造成角色扮演咖啡廳。那個真的很有趣呢～」

雪音小姐莞薾笑道。

「倒不如說，學生會最近這幾年都是推出角色扮演咖啡廳，都快要成為慣例了。」

角色扮演咖啡廳嗎……總覺得好輕佻，和學生會不太搭。以我個人來說，覺得學生會應該會舉辦「青林高中歷史」之類的死板展覽。不過這終究只是我的個人印象。

「角、角色扮演咖啡廳……！」

布施同學的雙眼突然綻放出閃閃光芒。

「就決定那個吧！我非常贊成角色扮演咖啡廳！」

「咦？可以嗎？妳不是想擺攤或開演唱會嗎？」

「已經無所謂了！因為雪音會長的角色扮演一定超級可愛的吧！我好想看！超想看

的！衝著這一點，我們就來推出角色扮演咖啡廳吧！」

布施同學有如瘋狂求關注的貓咪似的貼到雪音小姐的身邊。

「對了！有沒有去年的照片呢？雪音會長的角色扮演裝扮！」

「啊，嗯。我想應該有吧。手機裡有大家的合照……」

雪音小姐點開手機，將照片拿給布施同學看。我稍微瞥了一眼，看到穿著女僕裝的雪音小姐。

「哇啊啊啊～！真不愧是雪音會長！超級可愛的！」

「妳、妳太誇張了啦……雖說衣服的確很可愛……」

「不！這並不是衣服的力量！而是會長本身的可愛度啊！」

這個人根本已經完全靠著對雪音小姐的憧憬而活了吧。

「那、那麼……今年的學生會同樣比照往年慣例，推出角色扮演咖啡廳嘍？」

「那麼，最重要的服裝該怎麼辦呢？要來想新的嗎？」

「這個嘛……明天之前，大家先想想有沒有想穿的服裝，如果沒有就用抽籤決定，然後明天再去向服裝社提出委託吧～」

看來服裝並不是用買的，而是請服裝社幫忙製作。

「啊，會長。剛才來不及問妳，為什麼要替我們量身型呢……？」

量身型？剛才她們全都只穿內衣褲，該不會是為了測量尺寸吧？這麼說來，當時雪音小姐的手上好像拿著皮尺……

「嗯。不管最後決定推出什麼攤位活動，都希望能有可愛的服裝嘛。而且也有可能又是角色扮演咖啡廳，所以才想及早量好尺寸。」

「真、真不愧是辦事效率超高的會長！居然早在那時候，就已經想到這麼遠了！」

布施同學知道雪音小姐的盤算後，再次大為感動。她十分豪邁地抱住雪音小姐，有如抱住最深愛的戀人一般。

「真不愧是會長！最喜歡妳了！妳是我一輩子的崇拜對象！」

「啊、啊哈哈……謝謝妳……」

她究竟有多黏雪音小姐啊……雪音小姐似乎有點嚇到了喔。

就在女孩子三人嬉嬉鬧鬧地熱烈交談之間，事情大致上都決定好了。

「那麼會議就到此結束。反正今天也沒有什麼很急的工作，你們就先回家吧。」

「咦？我們……那雪音學姊呢？」

「我還剩一點工作，會留下來處理完再走。」

「那怎麼行！我也來幫忙吧！怎麼可以讓會長一個人辛苦！」

布施同學竭盡全力向雪音小姐展現體貼。然而——

「沒關係、沒關係。而且大家還得幫忙班上的活動吧？」

「唔……是沒錯啦……」

「愛佳也是，班上的事就請妳多替我擔待一些嘍。」

「……我明白了。交給我吧。」

雖然愛佳小姐似乎也很想留下來幫忙，但被雪音小姐這麼拜託，也就無法拒絕了。最後兩人分別向雪音小姐道別——「我先走了，明天也會繼續努力的！」「妳不必擔心班上活動的事。」便離去了。

於是會辦就只剩下我和雪音小姐兩個人。

「天真學弟也回自己班上去吧。你和小圓同班吧？一起回去比較好喔。」

「不用，我沒關係。」

我原本就不打算參加班上的準備工作。因為我還有其他事要做。

「相對地，雪音小姐也分派一些工作給我吧，我來幫妳。」

「咦？」

若是讓雪音小姐一個人忙得焦頭爛額，到時又會觸動她的性快感。如此一來，雪音小姐很可能又會在學校做出被虐狂ＰＬＡＹ。

為了阻止這一點，我必須替她分攤工作，減輕她的負擔才行。

「天真學弟……難道你是在關心我嗎？」

「嗯……可以這麼說啦。」

我的確是擔心妳會在學校做出好色行為，擔心得夜不成眠。

「哇～！真溫柔呢！天真學弟人真好～！」

「噗呸！」

雪音小姐冷不防地抱住我。柔軟的肉感身軀將我密密實實地包覆住。

「天真學弟真的是好孩子呢～讓我好好撫摸你，來當作獎勵吧～」

「雪、雪音小姐！拜託不要老是這樣啦！我已經跟妳講過好幾次了吧！」

「哈哈哈。你害羞還真可愛耶～該不會天真學弟……喜歡上我了？」

「啥……？」

「哇～！臉好紅喔！感覺更加可愛了！我也很喜歡天真學弟喔～！」

不、不行了……完全被她耍著玩……

「我真的沒問題，所以天真學弟不必在意我，快回自己班上去吧～」

「唔……！」

就像是安撫年幼的小朋友一般，雪音小姐溫柔地摸摸我的頭。

這是她慣用的伎倆，捉弄我一頓後，便將我打發掉。一旦像這樣被雪音小姐牽著鼻子走後，就沒有我出手幫忙的機會了。必須快點想想辦法才行……

不，等等。既然如此，倒不如就假裝順著雪音小姐的話先離開一下，之後再馬上回來看看吧？

這麼一來也能好好觀察雪音小姐一個人待在學生會辦時，都在做些什麼。說不定她意外地非常努力認真工作……

既然決定好了，就來稍微觀察一下吧。

「我知道了……那麼我也回班上去了。」

「嗯！班上的準備要加油喔！」

「雪音小姐也不要因為只剩妳一個人，就做出奇怪的事喔？該不會是為了想要毫無顧慮地大玩凌虐ＰＬＡＹ，才故意支開我的吧……」

「怎、怎麼可能！我當然會認真工作了！」

得到雪音小姐的可靠回答後，我拿起個人物品走出學生會辦。之後走到樓梯前方後，又立刻折回學生會辦。

接著我小心不被雪音小姐發現，悄悄拉開會辦的拉門。

「那麼——得努力趕快完成才行～」

雪音小姐在椅子坐下，同時「嗯～」地大大伸了個懶腰。

看來她確實如我預期，準備認真開始工作。這是非常好的傾向。

只是隨即就看到她站起身，從架子上拿出封箱膠帶，將自己的手腳捆緊。

嗯……？將自己的手腳捆緊……？

「嗯嗯……呼哈呼哈……！被綁住的感覺真令人全身顫慄呢……！」

果然是凌虐ＰＬＡＹ——！

看吧～～！真是夠了！我早就猜到她會這麼做～～！她絕對會這麼做～～～～！

當周圍一個人都沒有後，她居然立刻就開始大玩變態ＰＬＡＹ！工作全拋到九霄雲外去了嗎？

「啊嗯……！呀啊……！嗯……呼啊嗯……！」

不，等等……？情況好像有些不太對勁。雪音小姐以手腳被綁住的狀態，重新坐回椅子上了？

不僅如此，她接著又以櫻桃小嘴叼起擺在桌上的自動鉛筆。

而後——只見她用著難以置信的速度，在文件上振筆疾書起來。

「什……什麼！」

「啊唔唔……！伙昂煙玩糊類煙臥護，要玉外兜嘍……（果然邊玩ＰＬＡＹ邊做事，效率快多了……）」

這……這……這也太神奇了……！

雪音小姐居然一邊大玩凌虐ＰＬＡＹ，一邊高速地處理工作！

她以不可思議的速度在文件上簽好名後，立刻又拿出下一份文件。原本堆積如山的文件，接二連三便被她鏟平了。

是說為什麼能以那種拿筆的方式正常地寫字啊？真虧她可以在手腳被綁住的狀態下工作耶！那種技能根本已經超越人類等級了！

雪音小姐大概是把繁忙與緊縛的痛苦，全都轉換成性亢奮與集中力了吧。一般人討厭的事物，她則是以正面積極的心態去看待。對她來說，一邊從事變態行為，反正才更能專心工作吧。

實在太厲害了！雖然很厲害……但萬一被人看到該怎麼辦啊啊啊啊！

果然因為學生會正值最繁忙的時期，導致雪音小姐的性慾比平時更加高漲。讓她不惜冒著被人撞見的風險，即使一個人工作忙到焦頭爛額，也依舊全力享受ＰＬＡＹ！

既然如此，我就算是賭上一口氣，也絕對要幫她分攤工作，減輕她的負擔！

我故意發出巨大的聲響，用力打開學生會辦的門。

「啊唔！天真學弟？」

雪音小姐嚇了一大跳地回過頭。

「那、那個……不是的！我只是不小心纏到膠帶了……！」

大概是覺得很尷尬吧，雪音小姐開口辯解。我噙滿微笑地對她說：

「雪音小姐……讓我替妳分攤工作吧？」

「好的……」

雪音小姐有氣無力地點點頭。

※

在說好讓我留下來幫忙之後，我便在雪音小姐的對面坐下，與她一起開始工作。

我們兩人現在正在著手製作校慶所需的各式文件，使用電腦分工製作海報與文宣傳單等。

「～～～♪」

「……雪音小姐，妳似乎比我想像得更加樂在其中耶。」

看到她一邊哼歌一邊敲打鍵盤的模樣，我忍住不開口詢問。

「嗯！因為校慶就快到了嘛！雖然工作很多，但同時也充滿期待！」

雪音小姐果然也和一般學生一樣很喜歡校慶吧。

「天真學弟呢？難道你不期待校慶嗎？」

「老實說……我不是很喜歡。」

「咦～～？為什麼？校慶明明非常好玩耶～！」

雪音小姐停下手邊的工作，朝我探出身說道。

「因為妳不覺得很浪費時間嗎？身為學生的我們應該還有其他事要做。」

「別那麼說，好好享受校慶嘛～既然活動都辦了，如果不好好大玩特玩，不是很吃虧嗎？我每年都引頸期盼呢！」

「反正每個人的感受不同吧。」

不過，自己從來沒有想過要和大家一起享受校慶。說到底，要不是因為雪音小姐的事，我應該連校慶的準備工作都不會插手。

不，現在這些事並不重要。當前要務是必須履行原本的目的。

「那個，雪音小姐，我可以請教妳一些事情嗎？」

「咦？什麼事？」

趁現在只有兩人獨處的大好機會，趕快好好詢問並調查雪音小姐的性癖。

為此，我儘管多少有些猶豫，還是開門見山地直問：

「雪音小姐為什麼會變成被虐狂呢？」

「咦？」

雪音小姐停下手邊的工作，抬頭望向我。

「為什麼……什麼意思？」

「我只是有點好奇，雪音小姐是因為什麼原因而變成被虐狂的……如果有什麼特別的契機，能不能告訴我呢……」

為了澈底改掉性癖，我想盡可能取得更多資訊。只不過——

「唔嗯～這個嘛……抱歉，我自己也不知道。」

「不知道……？」

「嗯。我想大概從我懂事時開始，就已經是被虐狂母狗了吧。」

拜託不要稱自己為母狗啦。

「那麼……妳的性癖又是什麼時候覺醒的？」

「我想想……我也不記得了耶～」

不會吧……也就是說，連她自己都一無所知嗎？

我另外又再詢問了像是「第一次ＰＬＡＹ是什麼時候」、「為什麼會發現自己的性癖」之類的好幾道問題，她都只是搖搖頭回我「不知道」、「不記得了」。

和花鈴那時候比起來，關於雪音小姐性癖的資訊根本遠遠不足。原本還想說要是能知道性癖的源頭，就能據此思考改正辦法……這下真的完全束手無策。

——唔，現階段要克服雪音小姐的性癖，恐怕難如登天吧。

「我明白了……抱歉，問了妳奇怪的問題。」

「不會，別介意～我才覺得抱歉，沒辦法好好回答你。」

既然如此，目前就只能好好監視雪音小姐，阻止她在學校失控了。另外就是為了避免她太過忙碌，我也得儘量從旁協助她才行。

「那個，雪音小姐……我想多為雪音小姐盡點力。」

「咦……？」

「只要是我能力所及的事，妳都可以儘管開口找我商量。不要什麼事都自己扛，也讓我幫忙吧。」

我字字句句誠懇地訴說，希望能讓她感受到自己的真摯心意。

只要我每天替雪音小姐分攤工作，她應該也會比現在更能壓抑性癖吧。為此，我已經做好為了她赴湯蹈火的必死覺悟！

「天真學弟……謝謝你。」

或許是我的心意確實傳達給她了吧，雪音小姐緩緩開口說：

「那麼……我可以拜託你一件事嗎？」

她一臉過意不去似的打探我的臉色。

「當、當然！儘管說吧，不必客氣！」

「謝謝你……其實我想請你幫我一件事……」

雪音小姐將手伸進書包，接著從裡頭拿出一件物品遞給我。

那是——附牽繩的狗狗項圈。

「陪我一起進行散步ＰＬＡＹ吧☆」

不，搞錯了吧——！我所謂的幫忙並不是指這方面啊——！

「能不能幫我戴上項圈，帶著我一起逛校園？和化身為母狗的我一起散步吧？」

臉頰泛紅的雪音小姐發出紊亂的粗喘向我乞求道。

不，雖然我說過想要盡點力！雖然我說過可以儘管找我商量！

但為什麼會想偏到那方面去啊啊啊！為什麼滿腦子盡是想到色色的事啊啊啊！

「那個，雪音小姐！我不是指這種事！我的意思是，希望能以學生會幹部的身分幫妳一起處理工作……」

「可是比起學生會幹部，我更希望天真學弟成為我的主人呀。希望你能好好調教被虐狂的我。」

雪音小姐以波光粼粼的熾熱目光向我殷切懇求。

「而且天真學弟之前不是答應我了？『在改掉性癖之前，會陪我排解性慾嗎？』」

「唔……！」

我確實……答應過她。而且姑且也做好覺悟了。

不過那是指在家裡的時候吧？為什麼連在學校都得陪她進行色色的行為啦！要是被發現了該怎麼辦？

「吶，拜託你嘛，天真學弟。再繼續這麼下去，我的腦袋似乎會因為慾求不滿而變得不正常……」

「唔、唔唔……」

不，就算妳用如此殷切的眼神拜託我，但是在學校這麼做實在太過危險了……

等等，話又說回來，如果放任這種狀態下的雪音小姐不管，總覺得會更加危險。若是現在拒絕雪音小姐的請求，她的性慾很可能會在我不在時爆發……

既然如此，如今唯一的辦法就是由我來幫她發洩慾望了。趁這種狀態下的雪音小姐被其他人看到以前……！

「我明白了。但是只能在學生會辦裡進行喔！不管怎麼說，逛校園一圈實在太強人所難了！」

「謝、謝謝你！主人！」

雪音小姐如此說完便原地蹲下，接著屈起雙手的手腕擺出狗狗般的姿勢。她蹲下身，兩腿大大張開的姿態十分煽情且挑逗。裙子底下剛剛才看到過的那件紫色內褲完全一覽無遺。

「我現在的這副姿勢真的好羞恥……！但因為是狗狗，所以也沒辦法嘛。」

雪音小姐打從心底感到愉悅般地說道。而後，她再次向我遞來項圈。

「呼啊……呼啊……主人……請替我套上項圈……！請讓我成為您的母狗……！」

「唔……！」

儘管對於這串被虐狂臺詞感到困惑不已，我依舊心不甘情不願地從雪音小姐手中接過項圈。

接著邊是拚命對抗內心的抗拒感，邊將項圈套在她的脖子上。

「嗯啊！我被主人飼養了！我成為卑微低下的寵物了！」

她當場四肢趴跪在地面，抬高頭望著我，並以溼潤的雙瞳朝我發送乞求。

「主人……！就這樣和我一起散步吧！請好好獎勵羞恥的母狗吧！」

「……真的只能一下下喔……」

我拿起牽繩站到她後方。隨即，雪音小姐便以趴跪在地的姿勢緩緩展開ＰＬＡＹ。

兩人慢慢走著，就像是繞行寬敞學生會辦一大圈的感覺。

「哈啊嗯……！作夢都會夢到與主人一起散步的PLAY……！這簡直羞恥得要命……！但是好舒服啊……！」

雪音小姐撅高屁股，宛如小狗搖擺尾巴似的大幅左右晃動。滿臉通紅得像是被燙熟一般，雙唇間吐露出熾熱的氣息。

「汪汪！我是主人的母狗！被虐狂的變態母狗汪！」

她開始語焉不詳地貶低自己。每一句謾罵，一定都可以讓她從中得到性快感吧。

……總覺得有汗水從眼睛冒了出來。我真的好想回家……

不過，既然已經接下工作，總不能半途而廢。我提著牽繩，同時跟隨在緩緩前進的雪音小姐身旁。

約莫過了五分鐘的時間，我們總算繞完會辦一圈。

「唉……終於結束了……」

如此一來雪音小姐想必也已經獲得滿足了吧。好。之後收拾完剩下的工作，就趕緊回家吧——

「啊嗯……！散步真是太開心了……主人……我還要，再繼續嘛……」

唔哇……這傢伙比剛才還要興奮。

「不，不行！已經繞完會辦一圈了吧！」

「光是這樣還不夠嘛……！再多羞辱我一點……！」

看來因為散步ＰＬＡＹ，反而使她的性慾更加高漲。這樣根本本末倒置了。

「主人……拜託嘛……！也到走廊或其他地方散散步嘛？」

「就說了不行啦！不是已經說好了，ＰＬＡＹ只能在會辦裡面玩！」

「可是光這樣根本無法消除慾火……！我好想到外面散步汪！」

說完，雪音保持趴跪在地的姿勢往門外奔去。由於我的手上握著牽繩，因此也連帶被她拖著跑。

「啊！等一下啦！」

糟糕！絕不能讓其他人看到雪音小姐的這副模樣！必須趕快阻止她！

我才這麼想的同時——

就在雪音小姐即將奔出門外的前一刻，學生會辦的大門突然被人打開。

「「唔！」」

雪音小姐和我當場嚇得停下所有動作。隨即，有人走了進來。

「雪音會長，妳還沒回去嗎？因為班上的工作都完成了，所以我就過來幫忙了——

呃，咦……？」

開門出現的正是學生會幹部的布施圓同學。

當下她眼中所見的正是四肢趴跪在地，脖子上還套著項圈的雪音小姐，以及手裡握著牽繩的我。

「…………………」

「「………………」」

完、完蛋了……

被發現了被發現了被發現了被發現了————！

腦中警報轟然作響。好死不死偏偏被撞見決定性的瞬間——雪音小姐套著頸圈，大玩散步ＰＬＡＹ的光景。這下絕對跳到黃河也洗不清了。

雪音小姐大概也對當下的狀況感到無比絕望吧。只見她臉上的血色倏然褪去，維持散步的姿勢直盯著布施同學。

另一方面，布施同學似乎一時之間還無法理解眼前的狀況，維持走進會辦時的姿勢僵在原地。

然而過了幾秒後，布施同學開始有所動作。她先是露出一臉驚訝，接著換上憤怒的表情。

這非常像憎惡色情的她會有的反應。對於變態行為的厭惡感，如實表現在她露骨的表情之中。

這下真的……萬事休矣。事到如今也只能放棄了。只能向她坦承雪音小姐是變態的事實，並且只能害她失望了。

就在我死心的同時，布施同學往我走來。她氣呼呼地拱起肩膀，發出巨大的踏步聲。接著她走到我與雪音小姐的身邊，右手大大一揮。

「呀啊……！」

雪音小姐小聲地發出驚呼。糟糕！她該不會想打雪音小姐吧？

我連忙想要擋在兩人中間。然而，我還來不及採取動作，布施同學便一巴掌落下——沒有半點遲疑地打在我的臉頰上。

「……咦？」

隨著「啪！」的一記輕脆聲響，我的臉因為巴掌的衝擊而轉向一邊。之後慢慢傳來熱辣辣的刺痛感，我可以感受到臉頰正逐漸變紅。

呃，咦……？被打的是我……？

「一条同學——你真的太差勁了！」

當我還困惑不已時，她怒瞪著我如此說道。

「咦……為什麼……？為什麼是我……？」

「雪音會長之所以會做出這種事，一定都是受到一条同學唆使吧！你這個色狼！變態！女性公敵！」

咦……咦？現在是什麼情況……？

根據布施同學所說的話來推測……我該不會完全被她誤會了……？

即使看到眼前這副景象，布施同學依舊沒有發現「雪音會長是變態」的事實；反而將這一切消化成「變態的一条同學凌辱雪音會長」？

什、什麼嘛……撿回一命了！守住雪音小姐的祕密了——！

「你在賊笑什麼啊？你這個變態！」

不，根本糟透了！這下情況超不妙！我完全被她認定為大變態了！

「不，不是的！妳先等一下，布施同學！我絕對不是變態——」

「閉嘴啦，白痴！不要跟我說話，不要靠近我，你這個髒東西！」

布施同學以近乎浮誇的動作大步往後退，還用雙臂環抱住自己。

「你這個不知廉恥的好色變態男……！我真沒想到你居然低級到這種程度……！」

她聲音顫抖地說道，完全可以感受到她無與倫比的憤怒情緒。

「我最討厭你這種人了！再也不准來找我說話！」

「唔唔！」

她的話有如一把利刃直直插在我心頭。

布施同學完全無視受創甚深的我，直接走向原本趴跪在我身旁的雪音小姐。

「雪音會長，已經沒事了。」

「咦……咦？那個，呃……？」

「走吧，我們一起回家，立刻忘掉那些不堪的事吧！」

雪音小姐至今還無法理解究竟發生了什麼事，視線在我與布施同學之間來回游移。

布施同學牽起不知所措的雪音小姐的手，拆下她脖子上的項圈用力一扔，之後便帶著她走出學生會辦。就在大門即將關上的最後一刻——

「噁心……快點去死啦！」

她朝我丟來的這句話，冰冷得令人凍結。

※

「我果然……討厭校慶……」

回到家後，我一邊揉著剛才被打的臉頰，一邊坐到餐桌前。

我之所以會遭受這種活罪，都是拜那什麼鬼校慶所賜。就是因為要舉辦校慶，學生會才會變得忙碌，雪音小姐的被虐狂症狀才會惡化，我也因此不得不加入學生會。

結果被布施同學誤會是變態。

「天真學弟，你沒事吧……？都是我害的，對不起……」

雪音小姐一邊將料理端上桌，一邊開口向我道歉。順便一提，今天的晚餐似乎是漢堡排。

「沒關係啦，妳不必放在心上。已經不會痛了。」

不過……比起雪音小姐的性癖曝光，被賞巴掌只是小意思。真是幸虧布施同學的信仰夠虔誠。是說她也未免太相信雪音小姐了吧？

「可是……果然一般人對於色色的事都是那麼厭惡吧……」

雪音小姐顯得十分沮喪。

唔哇，怎麼辦……也是啦，聽到布施同學的那番話，真正變態的雪音小姐想必受到不小打擊吧……

「呃，這個嘛……再怎麼說，她實在有點反應過度了……」

「真、真的嗎……天真學弟不會討厭好色的我嗎……？」

「…………」

「為什麼不說話，還別開視線？」

呃，因為真要說的話……我也希望妳改掉性癖呀。

就在兩人吵吵鬧鬧時——

「啊，雪姊，晚餐已經煮好了嗎？」

「哇～！漢堡排看起來好好吃喔！」

月乃與花鈴不等人叫，就已經聞香而來。

「啊，妳們兩人動作還真快耶～已經煮好嘍，等一下喔。」

雪音小姐將剩下的菜肴端上桌。之後全員坐定後，眾人立刻開動。

「大家對不起喔，我最近都比較晚回來。因為忙著校慶準備……」

「姊姊完全不必在意啦。這點我和花鈴都知道。」

「對了，說到校慶！姊姊們的班上要推出什麼攤位活動啊？」

嘴裡塞滿漢堡排的花鈴一臉雀躍地問。

「順帶一提，花鈴班上要開店擺攤喔！當天會現烤奶油馬鈴薯和起司馬鈴薯！」

「聽起來還真是不錯耶！學生會是推出角色扮演咖啡廳，我當天應該都會以那邊為主吧～」

「唔哇……又要辦角色扮演咖啡廳喔……？」

月乃有些反彈地說道。

「咦？月乃不喜歡這類的活動嗎？」

「因為不覺得宅裡宅氣的嗎？去那種店的人，感覺都很噁心嘛。」

月乃皺起臉，內心的厭惡表露無遺。

「可是花鈴倒是滿喜歡那種店的喔。」

「咦？」

「我之前曾經和朋友去過秋葉原的女僕咖啡廳，真的很有趣喔！」

「女、女僕咖啡廳……？」

「不過，或許也有不少人和姊姊抱持同樣的看法。花鈴果然也很噁心嗎……？」

「不、不會啦……！花鈴才不噁心呢！」

說來說去，月乃就是特別寵花鈴。

「話說回來，天真學弟的班上是推出什麼呢……？你和月乃同班對吧？」

「啊～這個嘛……是說我們班上是推出什麼來著？」

「啥……？你不記得了嗎……？」

月乃用著像是看到什麼離奇生物般的眼神望著我。

「對啊。我基本上對這種事都沒興趣。」

我每年都不會參加校慶。雖然為了取得全勤獎還是會到校，不過都只會窩在圖書室之類安靜的地方，永無止盡地自習而已。當然就連準備期間，我同樣也不怎麼會幫忙。

「哼──真可笑。好無趣的傢伙。」

「唔……！」

還真是簡潔扼要的酸語，但也因此更加戳心。

之後，月乃非常露骨地從我身上瞥開眼神，轉而朝向雪音小姐開口說：

「我們班上要製作飾品販售。只要有材料，就能製作滴膠水晶。」

「這樣啊～！畢竟月乃特別擅長這種手工藝嘛～」

「還好啦。班上同學是還滿仰賴我的。」

月乃如此說道，露出一臉得意的表情。

然而那一天，我和月乃之間的交談就僅止於此。

※

月乃果然很明顯在躲著我……

隔天上課時，我一邊看著坐在我前方座位的月乃，一邊回想她在用餐席間的態度。

如果是在學校，她因為不想引來不必要的閒言閒語而避開我，這我可以理解。可是，就連在家裡都對我擺出那種咄咄逼人的態度，實在太令人百思不解了。

……我做錯了什麼嗎……？

我平時上課都十分專注，但是現在滿腦子都只想著月乃的事，視線總會不自覺地集中在她身上。

「呃——那麼再來說明動物的發育。卵巢裡的卵原細胞會藉由體細胞分裂，成為初級卵母細胞。而這個初級卵母細胞——」

「…………」

月乃專心聆聽生物老師的話，並且認真地抄筆記。

她在筆記本上振筆疾書地抄寫重點，同時翻開課本的下一頁，流洩出深沉而熾熱的氣息。

……嗯？流洩出深沉而熾熱的氣息……

「呼……呼……」

總覺得月乃的樣子似乎和平常有些不太一樣……？

她的臉頰泛著淡淡紅暈，大腿彷彿心焦難耐似的不停交蹭著。

咦……？這該不會是……？

「嗯……嗯嗯……！啊……噫唔……！」

那傢伙居然在課堂上發情了！

為什麼？為什麼會發情？明明沒人碰到她吧？

「呃——接著是關於雄性的精子——」

「精、精子……？嗯啊……！呼啊呼啊……」

唔哇，原來如此！她大概是因為課堂中時不時蹦出來的色色單字而發情的吧！

喂喂喂，騙人的吧！居然為了這種事而興奮？她是國中男生嗎！

「啊唔……啊唔……！嗯啊……！噫唔唔……！」

「喂，神宮寺，妳怎麼了？」

老師注意到月乃的異狀了！

「……唔！沒、沒事……！什麼事……也沒有……！」

「是嗎？那妳站起來唸下一頁吧。關於受精機制那一段。」

「受、受精……？」

啊，這下不妙……！月乃一聽到受精後，恐怕……！

「受……受精是指雌雄性的生殖細胞嗯……合一……哈嗯……以動物來說……亦即精、精、精子與卵子合體後……形成受精卵……！」

那傢伙果然！絕對正在想像糟糕的事情！一定正在想像具體的行為！

「其、其中……將精精精、精子注入雌性體內的方法……稱為體、體內……受精……呼啊……呼啊……！」

月乃的吐息慢慢夾雜了幾分嬌嗔。

「另一方面……在體外進行……受精……稱為體外……受精……啊啊……！好想要受精行為……」

「嗯？行為？」

啊啊啊啊啊啊！不妙不妙不妙不妙不妙！不要亂說話啦月乃！

「喂……月乃，妳的樣子好像不太對勁耶？」

「嗯。從剛才就一副很難受的樣子……臉也好紅喔。」

月乃的朋友紛紛開口關心她。一聽到有人起頭後，教室裡頓時開始喧騰起來。原本盯著課本與黑板的學生，也跟著不明所以地望向月乃。

然而，這種狀態只會替月乃的發情症狀火上添油。

「另、另外……為了進行受精所做的行為……一般稱之為性——」

「嗯？神宮寺，妳是不是唸錯段落了？下個項目是關於受精膜喔？」

月乃差點就要自由發揮地唸起課本上沒有的內容。

「月乃剛才是不是說了什麼奇怪的話？」

「不，怎麼可能……應該只是單純唸錯了吧？」

幸虧老師開口打斷她，才能勉強在千均一髮之際瞞住發情的事。然而，這恐怕也只是時間早晚的問題了。

「呼哈……呼啊……嗯唔……！不行了……！」

月乃滿臉通紅得宛如沉溺在愉悅快感之中。

她改用單手拿著課本，空著的另一隻手則靜靜地伸向下半身——

等等，妳打算做什麼？妳想在眾目睽睽之下做什麼？

不行了！再這麼下去恐怕不妙！這下不出手阻止她不行了！

「老、老師！報告！」

我大喊一聲站了起來。

「什、什麼事？突然那麼大聲。」

「神宮寺同學好像不太舒服，我帶她去保健室吧！」

「是、是嗎……？她看起來的確不太對勁——」

「好了，我們走吧，神宮寺同學！」

「噫呀嗯！」

我不等老師的回答，便拉起月乃的手走出走廊。

之後找了個沒人的地方，硬是將她拖了進去。

※

我拖著步履蹣跚的月乃進入校舍最邊間的空教室。

然而，此時的月乃仍然持續發情中。

「嗯唔……啊啊啊嗯……！啊……呼啊呼啊……」

「喂，月乃！妳沒事吧？」

月乃攀在我身上，強忍著不斷翻湧上來的慾望。只是，水壩早已崩潰在即了。

「不、不行了……身體蠢蠢欲動……！」

月乃的臉頰因為高漲的情慾而染成一片緋紅，同時發出有如融化般的聲音。

「吶，天真……能不能借我你的小○雞呢……？」

「啥？」

這人居然沒頭沒腦地說出莫名其妙的話！

「因為……我好想要天真的精子喔……好想要體內受精啊啊……！」

「閉嘴閉嘴！這段發言未免太危險了！」

妳到底知不知道自己在說什麼？根本就是兜個圈子大喊想要愛愛耶！

「就用天真的雄蕊和我的雌蕊，一起製造出最棒的受精卵吧？所以把你的小○雞租借給我嘛？」

「不，當然不行了！我可沒有提供出租服務！」

「放心吧，我會確實支付租金的……」

月乃坐在桌子上，對著我張開自己的雙腿，擺出所謂的M字開腿姿勢。制服的裙子隨著她的動作自然往上捲，裡頭的內褲一覽無遺。可以感覺到一股女性特有的費洛蒙，正從內褲守護住的私處騰騰地賁張升起。

「我可以把自己最重要的地方免費提供給天真使用喔。讓我們彼此互租互借吧？」

「笨蛋，別再說了，月乃！妳冷靜一點！」

「現在還是最新的喔？租給你兩天一夜如何？」

「不要說得像是租借DVD啦！」

我邊吐槽邊退開距離，同時試圖說服月乃不要一時衝動。

「妳不是最討厭這種色色的事嗎？快點恢復成平時的月乃吧！」

「才不會呢……因為我原本就是個色女嘛……真正的我只是個變態呀……」

月乃解開制服的鈕釦。接著她敞開襯衫前襟，豪邁地向我露出以水藍色可愛胸罩遮覆住的胸部。

「所以，和我做色色的事吧……？」

要被侵犯了！這下貞操不保了！月乃腦袋裡的好色開關已經完全開啟了。她露出一臉嬌豔誘人的性感表情，以發送著熾熱秋波的雙眼緊緊扣住我。

不過……我早料到會有這種情況，因此隨身攜帶了因應道具！

「呼啊啊……！我忍不住了……！我好想要天真！」

「——唔！」

月乃開始準備使用暴力逼我就範。她以胸前大開的狀態朝我飛撲過來，接著大大張開雙臂，有如將戀人抱個滿懷似的——抱住我事先準備好的替身。

「啊啊嗯……天真！天真～～～！」

「呼……真是千鈞一髮啊……」

月乃現在抱在懷裡的是——印有我照片的抱枕。

順道一提，這是我自己做的，製造過程可說是歷經了千辛萬苦。雖然只是將我的全身照片熱轉印到抱枕上，但難就難在這裡。

首先必須將我的照片列印至熱轉印貼紙上，再耐著性子使用剪刀剪下需要的範圍，光是這個步驟就耗費了一個小時以上。不僅如此，實際轉印到布料上時，不是因為沒對準而導致位置偏掉或是扭曲變形，就是燙斗加熱過頭而變色，各式各樣的問題朝我襲來，最後不得不重做。

不過，經過了一連串的摸索嘗試，總算完美地把我的照片轉印到布料上。接著再將布料做成抱枕……總覺得我的人生愈走愈偏了……

總而言之，幸虧剛才即將被月乃抱住的前一刻我緊急將抱枕塞給她，才成功躲過了危機。這正是必殺替身之術，專門用來對付月乃的奧義！

這下就只要在一旁靜靜等待月乃發情結束就可以了。

「啊唔……嗯……唔……啾啾！」

月乃先是對著抱枕上的照片輕輕齧咬我的脖子，接著開始親吻起來。

「……這還真是詭異的景像……」

莫名地悲從中來，為什麼我得被迫看著自己的抱枕被人侵犯呢？

結果月乃的發情症狀一直拖到下課才結束。

此外，當她恢復理智後，便立刻大喊：「花鈴，對不起～～～～！」同時飛也似的逃離我身邊，弄得我一頭霧水。要道歉的話，應該是向我道歉才對吧……

※

「唉……剛才真是好險……」

午休時間，我坐在圖書室靠角落的位置，像灘爛泥似的將臉深深埋進桌面。因為待在教室會遇到月乃，讓我有點坐立難安，於是才逃到這裡來。

月乃的發情癖果然還沒治好……另外的那件事也必須儘早想好對策才行。只是以現狀來說，要直接找月乃談話根本難如登天，但至少還是得先做好眼前能做的事。總之就在圖書室查查資料，找找看有沒有什麼能派上用場的書——

「啊，天真學長！總算找到你了！」

突然傳來熟悉的聲音。

「原來你在這裡啊。你不在教室，害我找了好久～」

「花鈴……怎麼了？找我有什麼事？」

「嗯！因為突然好想見到學長喔！」

說完，花鈴帶著開朗燦爛的笑容坐到我隔壁。

和月乃完全相反，總覺得花鈴最近特別愛黏著我……該不會又想叫我陪她進行暴露

PLAY吧？

儘管花鈴再怎麼大膽，應該也不至於在學校明目張膽地裸露；但還是有必要嚴加提防才行。

『啊，是花鈴耶！她真的好嬌小、好可愛喔～』

『到底該怎麼做，才能與她拉近距離呢……？是說跟她在一起的那個男生是誰？隨從嗎？』

我不經意地注意到周圍的學生們，紛紛朝花鈴投來羨慕的眼光。

是說誰是隨從啊！我依舊一如往常地被說得一文不值。

「嘿嘿嘿～花鈴真受歡迎呢～」

花鈴對著緊盯自己不放的男生們揮揮手，笑容滿面地自吹自擂。

也是啦，畢竟她的確是集萬千寵愛於一身。不過我非常好奇，當那些男學生們知道花鈴其實是個暴露狂時，是否還會繼續吹捧她呢？

「話說回來，學長，你現在有空嗎？」

「嗯？這個嘛……有空是有空啦……」

「那你能不能教花鈴功課呢？我有些地方不太懂。」

噢，功課嗎？平時總是嫌麻煩，連作業都不太肯寫的花鈴，居然難得想用功。

「可以啊。畢竟站在臨時夫婿的立場，我也希望妳至少能具備最基本的涵養。」

「真的嗎？謝謝學長！」

「別跟我客氣。只是有一點我可要先聲明喔？」

我將身體探向花鈴，以極為正經的表情開口說：

「我的指導可是比三流的老師更加嚴格喔。既然要我教妳功課，那妳也必須認真學習才行。我絕對不會放水，當然也不准妳偷懶。」

我平常總是非常認真地埋頭苦讀。因此在教別人時，也會不小心熱心過頭。大概是因為這樣吧，儘管成績很好，班上同學卻不太會來向我請教。

「我們班上甚至流傳一句話：『情願滿江紅，也絕不向一条請教。』和我一起念書，正是如此熾烈至極的苦戰……妳能接受嗎？」

「當然！放馬過來吧！因為花鈴真的很想和學長一起念書嘛！」

花鈴筆直地回望我的眼睛，精神抖擻地回答。

原來如此……她真的那麼想和我一起念書嗎？看來她似乎也已經做好覺悟了。

回想起來，已經很久沒人來找我問功課了。真要說的話，其實我還滿喜歡教人的，只是最近都沒人要和我一起念書。

不過花鈴卻希望我能教她功課。啊，不妙。我高興到眼眶都快溼了。

「呵呵呵……趁著一起念書時誘惑學長，一定可以輕而易舉地攻陷學長……♪」
花鈴一邊準備文具，一邊似乎在碎唸什麼；只是我因為太過感動而漏聽了。
「好，花鈴！妳的心意我都明白了！那我也不會手下留情，一定會奉陪到底！」
「是，老師！請多指教！」
老師嗎……被人這麼稱呼，感覺還真不賴哩。
「那麼，今天想念哪個科目呢？」
「是的，我想學──」
花鈴從可愛的手提袋裡拿出題庫，攤開放在桌上。
「健康教育的性知識章節♪」
翻開的頁面上正好大大地刊載著男女的裸體插圖。
「原來如此，健康教育嗎？」
這麼說來，期末考範圍也包含選修科目，同樣不能輕忽。
「咦，奇怪……？學長……？你的反應似乎比想像中更普通耶……？在花鈴的預想中，還以為學長應該會更加慌張才對……」
「有什麼好慌張的？別擔心，我可是連選修科目都能保證拿到滿分的男人。即使是性知識章節，我也沒有因此而拉低分數過，一定能好好教妳。」

「人家又不是那個意思……算了，無所謂。反正接下來就一邊提出踩在底線邊緣的危險問題，一邊一步步誘惑吧……」

「怎麼了，花鈴？我聽不太懂妳在說什麼……」

「不，沒什麼！那麼事不宜遲，請教我第一題吧！」

「喔，包在我身上！我會詳細解說的！」

當我回答完，花鈴便將筆指在題目上，接著唸出題目中的句子。

「進入青春期之後，女性會開始有月經，男性則會開始〇〇。請問此處的〇〇指的是什麼？」

「嗯，答案是射精。」

「討厭啦，天真學長，有什麼好害羞的啦～呃……咦？」

花鈴瞠目結舌地看著秒答的我。

「學、學長……？你怎麼了？總覺得反應和平時不一樣耶？」

「嗯？哪裡不一樣？」

「哪裡不一樣……！平常的你一定會說：『問這什麼鬼問題？』然後顯得很難為情，還會大發脾氣才對吧？」

「哪會，妳只不過是向我提出問題罷了，有什麼好發脾氣的？別鬼扯了，好好專心念書！」

我開始向滿臉困惑的花鈴解說起剛才的題目。

「此外，第一次月經也稱為初經，第一次射精則稱為初精。每位男性迎接初精的方式各不相同，可能是自慰，也可能是夢遺。所謂的夢遺是在睡眠期間發生的射精行為，其原因在於睡覺時不自覺地刺激性器，或是精液累積過多而排出。順道一提，老舊的精液會被人體作為蛋白質吸收——」

「咦、咦……？等一下！學長未免也知道得太詳細了吧！你為什麼可以那麼滔滔不絕地講出一連串的性知識啊？」

「呃，這些本來就是理所應當要知道的呀。考試很可能會考喔。」

這是因為我對選修科目也不會有半點鬆懈。就算學測不會考，畢竟還是會影響推甄分數。因此，雖說是性知識章節，我依然全力以赴地汲取知識。

「另外，精子是由精巢裡的生精小管製造出來的。精子可分成三個部分，帶有細胞核與頂體的頭部，帶有中心粒與粒線體的中片部，以及由鞭毛構成的尾部。射精時，會將含有精子在內的精液排出體外，而關於射精的詳細機制——」

「呃，等等，等一下！學長是打算針對射精講解得多深入啊？我想知道這些應該就已經差不多了啦！」

「笨蛋！別太小看學習了！正所謂學無止境！就是妳這種『學到這裡就差不多了』的輕忽心態，才會在考試時失分！」

「咦咦咦？花鈴被學長認真責備了！」

「幸好距離考試還有一段時間，我就趁這個機會，紮紮實實地替妳打好性知識的基礎！我可是很嚴格的喔，妳做好覺悟吧！」

「學、學長……？你的眼神有點可怕耶……」

花鈴不知為什麼，害怕得全身發抖。

不過，我是絕對不會放水的。念書有如戰爭，容不得半點鬆懈；唯有認真指導，才算對得起開口向我請教的花鈴！

「那麼，換我簡單出個熱身題吧。有關性機能的機制，妳來回答一下女性在進入青春期以後會出現的身體變化。」

「呃，我想想看……身體曲線會變得愈來愈性感，然後會開始誘惑男性！沒錯！例如像這樣……」

花鈴撩起自己的裙子，向我露出內褲。那是件私密處附有拉鍊的黑色性感內褲。

「不，妳答錯了。」

「好冷淡！學長的反應好冷淡！是說好歹吐槽一下我的暴露行為吧！」

「女性在進入青春期後，乳房確實會開始發育，但妳的說法並不正確。還有更重要的其他變化，那就是性器官發育成熟，以及開始排卵與迎接月經。」

「竟然完全無視？花鈴可是一直露出內褲喔！而且正穿著超級糟糕的內褲喔！這個超貴的說！」

「對了。促使精巢與卵巢等生殖器官發育的荷爾蒙稱為什麼，妳知道嗎？」

「呃……呃？那個，我想想……好色荷爾蒙之類的……？」

「才不是，笨蛋！虧妳還是個變態，居然連這都不知道！」

「說得太過分了吧！眼前這個人已經不是平時的學長了！」

「生殖器官的發育是受到性腺激素的促進。以結果來說，女性的卵巢和男性的精巢會開始發育，並且大量分泌性荷爾蒙。因此，男女會各自發育成特有的體型，同時開始迎接月經與射精。」

「那個，學長，為什麼你可以始終臉不紅氣不喘地淡定解說呢？而且為什麼對花鈴的暴露行為毫無反應呢？」

「順道一提，性腺激素是從腦下垂體分泌的——」

「討厭啦！學長只要一用功起來，不管花鈴做什麼都不動如山——！根本完全不會感到興奮或動搖——！」

「喂，別吵！好好專心用功！」

之後，一直到午休結束為止，我都卯足全力地鞭策花鈴念書。

※

先是替月乃排解發情症狀，之後又陪花鈴一起念書，波瀾萬丈的一天總算過去了。

然而，放學後還有學生會的工作在等著我。

我拖著被月乃和花鈴折騰完後，疲憊不堪的身體來到體育館。今天的工作是準備校慶要用的器材。內容大致上就是先確認桌椅和其他所需備品的數量，再和各個班級提出的申請數量進行核對，檢查有沒有問題。順道一提，另外三人都已經到了。

「雪音會長……真的要讓一条同學一起作業嗎……？」

我一到現場，布施同學就「唔呃」一聲，用著一臉不屑的表情盛情迎接我。

「還是立刻把一条同學趕走比較好啦。他一定正在心底盤算著要把會長拖到沒人的草叢，再拿布堵住妳的嘴巴，讓妳無法大聲呼救，接著一邊說：『嘿嘿嘿，嘴上說不要，身體倒是很誠實嘛～』一邊大肆對妳做出超級下流的事喔！」

布施同學究竟把我想成什麼樣的人啊？

「啊……那種PLAY似乎還挺不錯的……！」

不要一副興致盎然的樣子啦！真的是歪到骨子裡了！

「我、我說啊……布施同學，我才沒有那種變態的想——」

「少囉嗦！閉嘴！你這個性犯罪者沒有權利發言！」

布施同學有如機關槍似的開口打斷我的話。

這下頭大了。由於先前的那件事，布施同學對我的信任已經完全歸零了。

「圓學妹……妳就放過他吧。」

看不下去的愛佳小姐，半是嘆氣地向我伸來援手。

順道一提，先前發生的那件事，我已經跟愛佳小姐說過了。雖然被她訓話了快一個小時，千交代萬交代我「必須更小心一點」，不過現在還是好心替我救場。

「愛佳學姊！一条同學可是萬惡不赦的性騷擾大神耶！我實在沒辦法和他一起工作！他一定會害我和學姊們懷孕的！」

我才沒有那種特殊能力咧。當我是妖怪嗎？

「不過，天真大人雖然只是臨時來幫忙，好歹也是學生會的幹部喔。怎麼能呼之則來，揮之則去呢？」

噢噢，愛佳小姐……太感謝妳了。有了她堅不可摧的聲援，我的身價絕對是——

「啊，居然強迫愛佳學姊叫你『天真大人』……！果然是鬼畜大變態！」

——一落千丈。

「……咳咳。總之，一条學弟也是學生會的夥伴，而且顧問老師也已經正式批准了，不能隨便趕走他。」

愛佳小姐一副若無其事地重新訂正道。

「可、可是！像他這種變態實在是——」

「更重要的是，目前我們人手不足。倘若少了一個人，我們將無法在今天之內完成準備工作。」

「唔咕……！」

布施同學似乎也很明白這一點。無法反駁的她，只好改為死命地瞪著我。

接著，雪音小姐開口說：

「好了、好了，小圓，妳先冷靜一點吧？總之，差不多該趕快開始工作了。我和愛佳到器材室檢查備品，天真和小圓則分別幫忙確認桌子和椅子，可以嗎？」

「……………是，我知道了……」

布施同學一臉不甘願地答應。

雖然感覺得出來她很不服氣，但畢竟是最崇拜的雪音小姐所下達的指示，因此她不得不遵從。

布施同學斜眼瞥了我一眼後，便走向椅子收納處。

呼……這下總算逃過被趕出去的命運了。若是因為布施同學的強烈反彈，害我必須辭掉幹部一職的話，那就無法就近監視雪音小姐了。真的是好險。

「哈哈哈……也要麻煩天真學弟了，對不起喔？」

雪音小姐雙手合十地對我說道。看來是對於布施同學討厭我的事感到自責吧。

「那麼我們走吧。我去看第一器材室，再麻煩愛佳去看第二器材室。」

「我明白了。我會儘快完成的。」

之後，她們兩人走向位在體育館兩側的器材室。我看著她們的背影低喃：

「……好了，接下來該怎麼辦呢……」

確認桌子當然也是非做不可的分內工作，但在那之前還有更必須優先考慮的事。畢竟我原本的目的是要抑制雪音小姐的性癖以及就近監視她。

現在雪音小姐正和愛佳小姐分頭行動，獨自走進第一倉庫。那裡收放著體育課使用的各種器材，而且裡頭理所當然是空無一人。對雪音小姐而言，可以說是偷偷大玩變態ＰＬＡＹ的絕佳地點。

萬一過程中不小心被人撞見，到時她的被虐狂真面目就再也瞞不住了。

看來有必要跟緊雪音小姐，監視她的行動——

「一条同學，你要去哪裡？」

正當我準備去找雪音小姐時，突然被人從背後叫住。

我回頭一看，便發現布施同學正瞪著我。

「你根本完全沒在工作嘛？可以不要偷懶嗎？」

她惡狠狠地睨視我，敵意畢露地說道。

「啊，抱歉……我只是想說，雪音學姊大概會需要幫忙……畢竟在倉庫檢查備品時，難免得搬動重物之類的……」

「那也輪不到你幫忙，有愛佳學姊跟著會長就好。」

「不、不然……我去問一下雪音學姊——」

「別想得逞！我絕對不會讓一条同學去找雪音會長的！」

我才打算移動腳步，布施同學就立刻大大張開雙臂擋在我面前。

這傢伙居然不惜賭氣，也要阻止我接近雪音小姐！

「呃，我沒有任何不良企圖！真的只是想去幫忙而已！」

「說得真好聽，事實上是想逼會長做出變態行為吧！我早就看透你了！」

完全相反，我就是為了不讓她做出變態行為，才想去看看情況啦……

「一条同學一定是握住會長的把柄，藉此威脅她吧？所以會長才會做出那麼變態又可恥的事……」

不，不是的。那才是她的本性。她的本性就是個變態。

只是我又不能老實這麼說明。更重要的是，即使真的說了，她也絕對不會相信雪音小姐是變態吧。

雖說如此，萬一她親眼撞見雪音小姐一個人偷偷大玩特玩變態行為──例如自己把身體綁成龜甲縛狀態，或是愉悅地沉溺在自我調教的快感中；縱使布施同學的會長信仰再怎麼虔誠，一定也會察覺真相。

既然已知存在這道風險，我當然就必須持續監視雪音小姐。

總之，當務之急，就是解除她對我的防備心。

「那個……布施同學，我並沒有──」

「不、不要靠近我，你這個變態！」

我只不過朝她跨出一步，她立刻往後退了十步。

「你是不是也打算趁機握住我的把柄？例如偷怕我換衣服或上廁所的可恥照片，再拿來威脅我？」

「沒有，就說了我沒有那個意思──」

「你究竟有什麼目的……？啊！該不會是想逼我交出內褲？除非我乖乖把內褲給你，不然你就要把照片傳到網路上是吧？」

「我才不會那麼做！那麼做有什麼意義嗎！」

「你是打算搶走我的內褲，貼在鼻子上大聞特聞對吧！不只要看遍、摸遍整件內褲，還要聞味道，盡情享受是吧！你果然差勁透頂耶！」

「就說了我才不會那麼做啦！妳對我的成見也未免太深了！」

「還是想灌我奇怪的藥，等我發情後再脫光我的衣服逼我在戶外全裸，同時對我進行散步調教？」

「我從剛才就已經說了好幾遍，我才不會那麼做啦！」

是說，為什麼她會混搭了三姊妹的所有性癖？她該不會早就都知道了？如果不是的話，她的妄想力比三姊妹更加糟糕耶！

倒不如說，她根本才是最變態的！比起我，她才是滿腦子想著淫穢的事吧？

「我說妳啊……我真的只是想去幫忙雪音學姊而已，妳沒必要那麼警戒啦。當然工作方面我也會兢兢業業、全力以赴。」

「精、精液？居然對女孩子說出這種話！大色狼！」

「我才沒那麼說咧！妳究竟是聽到哪裡去了！」

這人真的沒救了！就某種意義來說，比三姊妹更加難搞！

很顯然是過度關注色色的事！不管我再怎麼解釋，還是把我當成變態看待！

「總之！不准你靠近我的會長！你只要做好自己分內的工作就好！」

「唔……」

看來她的決心堅若磐石。除非是有天大的理由，否則她是不會讓路的。

沒辦法了，現在只好先專心處理學生會的工作……

儘管很掛心雪音小姐，但如果繼續和布施同學爭論下去，只會讓她更加不信任我。

現在最重要的是先完成手邊的工作，之後再找機會去找雪音小姐——

咚！啪哩啪哩！嘰軋嘰軋喀鏘————！

……突然傳來響亮的破碎聲。

「咦？怎麼回事？剛才那是什麼聲音？」

「這個聲音……該不會……！」

雪音小姐出事了嗎？

「啊……等一下！一条同學！」

我越過布施同學，快步奔向器材室。

※

一看到器材室內的情景，我頓時啞口無言。

「…………」

眼前所見的是正常情況下，絕對不可能會出現的光景。甚至可以說是神祕現象了。

愛佳小姐的屁股居然長在三合板上。

「…………啥？」

咦……這是什麼情況？為什麼愛佳小姐的屁股會從三合板冒出來？

正當我大感困惑時，早一步來到現場的雪音小姐開口向我說明：

「那個……愛佳剛才跌倒時，順勢一屁股跌坐在三合板上……由於木板上原本就挖了一個大洞，所以就卡住了……」

唔哇，還真的耶。仔細一看，稍有厚度的板子上挖有一個大洞，愛佳小姐的屁股正好不偏不倚地塞好塞滿。

「唔唔……不小心稍微失誤了……」

妳的失誤還真是一如往常地奇蹟呢！

是說這種情況……就是所謂的屁股種在牆上嗎？記得之前曾在花鈴借我看的漫畫裡看過這個單字。原來這種情況是真實存在的啊……

而且屁股跌進洞裡時，裙子正好整個被撩了起來，因此底下大膽又性感的紅色內褲一覽無遺。再加上那件內褲根本無法完全包覆住她豐腴的美臀，擠出的屁股小肉肉形成一幅煽情的光景。

「愛佳學姊！妳沒事吧？有沒有哪裡受傷？」

隨後趕來的布施同學繞到三合板的另一側，看著愛佳小姐的臉詢問。

「唔唔……這副模樣實在太恥辱了……請不要一直盯著我看……」

愛佳小姐滿臉通紅，害羞到眼泛淚光。

不過，她看起來並不會痛，應該沒有受傷才對。

「學姊！我這就來幫妳！請再稍微忍耐一下！」

「不、不好意思……麻煩妳了……！」

看到她平安無事，儘管可以暫且鬆一口氣；但異常事態仍未解除，還是得儘快救出她才行。

只是，由於木板有點厚度，恐怕很難直接打破。唯一的辦法就只能用推的，把她的屁股推出洞口了。

不，可是……這個做法存在著另一方面的危險性。雖然是為了救人，但碰觸女孩子的屁股實在是……真要推的話，至少也應該請女生動手才對。

「啊，可是……這種狀況有點讓人羨慕呢……呼哈呼哈……」

嗯？什麼……？附近好像傳來十分嬌媚的聲音。

「我也好想試試這種ＰＬＡＹ喔……被虐心理被點燃了呢……」

咦……？雪音小姐剛才說了什麼嗎……？怎麼回事……有種非常不好的預感喔？

「啊啊嗯……這種情況真讓人亢奮呢……！」

唔哇啊啊啊啊啊！這個可惡的被虐狂啊啊啊啊啊！

她是怎樣？哪裡有病嗎？該不會是看到愛佳小姐的痴態後，突然湧現情慾了吧？

不，不會的！這又不是ＰＬＡＹ！只不過是單純的意外耶！

「我說愛佳呀……不好意思，可以換我坐坐看嗎？呼哈呼哈……」

「小、小姐……？您的眼神有點可怕耶……！」

拜託，不要想著要交換啦！又不是觀光勝地那種臉部挖空的拍照立板！

「雪音會長……？為什麼妳也想坐坐看……？」

「啊啊啊啊！雪音學姊！妳一定是覺得愛佳學姊太可憐了，所以才想代替她對吧！我非常能理解妳的心情！」

我硬是掰出一個牽強的解釋，搪塞布施同學的疑問。

糟糕！再這樣下去，雪音小姐的性癖恐怕會曝光！得儘快幫助愛佳小姐脫離屁股種在牆上的窘境，以阻止雪音小姐的情慾！

「布施同學！妳快幫幫愛佳學姊吧！畢竟我不方便摸她的屁股！」

「不、不必你開口，我也會幫忙學姊！愛佳學姊，我要推了喔！」

「好、好的……！拜託妳了……！」

布施同學繞到木板另一端，接著開始動手推愛佳小姐的屁股。

「準備好了喔──我推！嗯嗯～～！嗯～～～～！」

然而，大概是力量太小了吧，她怎麼樣也無法救出愛佳小姐。可惡！愛佳小姐的屁股比想像中卡得更緊──

「呼啊呼啊，胸部被纏緊的感覺好舒服啊……！」

「喂，妳不要趁亂胡來啦！」

我只不過稍微一個沒注意，雪音小姐居然就從倉庫裡找來一條麻繩開始綁住自己。

我急忙搶過繩子，打斷她的緊縛行為。

「啊啊嗯……！主人的忍耐ＰＬＡＹ……♪身體興奮得忍不住顫抖呢……」

她居然完全發情了。

事到如今，只能先把她帶離這裡了——

「一条同學！你打算帶雪音學姊去哪裡？」

——但是卻被布施同學抓包了。

「咦？呃，那個……我想去向老師求救！」

「不行！那麼做的話，會被其他人看到愛佳學姊丟臉的模樣！這樣的話，學姊豈不是太可憐了！」

「不、不然——我去買飲料，安撫一下緊張情緒——」

「一条同學，你到底有沒有搞清楚現在的狀況？現在不是去買飲料的時候吧？」

不行了……就算想離開，也會被布施同學阻止。

「你該不會是想趁機和會長獨處吧？是不是又打算做些下流的事？」

「不、不是的！我並沒有那個意思！」

而且，最後居然還開始懷疑起我。這下是溜不掉了！

「雪音會長！妳也來幫忙！和我一起救出愛佳學姊吧！」

「嗯、嗯……！我知道了……呼哈呼哈……」

「這、這種情況……實在太羞恥了……！」

慾火焚身的雪音小姐站到布施同學的身邊，接著兩人開始一起合力推屁股，逼得愛佳小姐羞恥不已。

「嗯～～～！嗯～～～～～～～！不行……完全拔不出來……」

「我也好想被推屁股喔……應該說更想被打屁股……」

「咦……雪音會長？妳剛才說什麼……」

布施同學聽見了雪音小姐的自言自語。

雪音小姐的性慾已經完全抑制不住了！居然不顧布施同學就在一旁，口無遮攔地暴露色色妄想！

再這麼下去實在太危險了！必須立刻救出愛佳小姐，再把雪音小姐帶離這裡才行！

事已至此……也別無他法了。果然只能由我上場了！

「喂，妳們兩個！讓開一下！我來救出愛佳學姊！」

「咦？一条同學打算摸愛佳學姊的屁股嗎？我是絕對不會允許的！」

「不然還有什麼辦法？畢竟女孩子的力氣就是不夠呀！」

「不行就是不行！我是不會同意的！摸女生屁股是很不健全的舉動耶！」

「但是現在不是說這種話的時候吧！再說這麼做都是為了救人！並不是什麼下流的舉動！」

我用著彷彿是要說給自己聽的決心，否定布施同學的話。

「唔……你說得或許沒錯……」

看來布施同學也是以救出愛佳小姐作為優先考量。儘管她抱著頭天人交戰了好一會兒，最後還是一臉無奈地同意了。

「我明白了……不過，不許你有任何猥瑣的想法喔！要是你敢不遵守約定，我一定會告死你！」

「我知道啦！我會認真救出愛佳學姊的！」

我立刻與兩人換位置，站到愛佳小姐的屁股前。

「愛佳學姊，不好意思，請原諒我失禮了！」

於是，為了救出愛佳小姐，我伸手觸摸她那幾乎快從紅色內褲蹦出來的肉感臀瓣。

觸上的瞬間，我忍不住屏息。

「……唔！」

屁股好豐腴…………！而且超級無敵柔軟…………！

如此豐彈堅挺，卻又如波晃蕩的柔軟屁股是怎麼回事……！我的手指彷彿被吸附進去似的深陷其中……！而且，當我稍微使點力將手指埋進屁股肉裡時，頓時感覺到一道結實而緊緻的彈力。有如吸附住手指不放的柔軟性，以及像是要將手指反彈開來的肉感。完全相反的兩道觸感實在太有趣，讓我差點就要上癮了。

「天、天真大人……！可以快點動手救我嗎……？」

「啊……！」

我、我這個笨蛋！我在做什麼啊！現在可不是被迷住的時候！

為了守護雪音小姐的祕密，必須儘快救出愛佳小姐才行啊啊啊啊啊！

「唔噢噢噢噢噢噢！快點拔出來吧啊啊啊啊啊！」

我雙臂使勁地開始推壓屁股。然而，由於實在卡得太緊了，我的力氣仍無法推動愛佳小姐的屁股。

「被人推屁股，感覺很舒服呢……！我也好想被人任意擺弄喔……！」

「會、會長……？妳沒事吧？妳從剛才開始，呼吸就有點急促喔……」

不妙——！會穿幫的——！快要瞞不住啦——！

布施同學向雪音小姐投以滿是疑惑的眼神！這可是危險信號啊！

「愛佳小姐！請妳也加油一下，快點脫身吧！再繼續這麼下去，雪音小姐的性癖恐怕就要……」

「跟我說也沒用呀！我自己真的無能為力嘛！」

「至少也掙扎一下啦！這都是為了守住雪音小姐的祕密啊！」

「我、我知道了……！我試試看！」

我悄聲和愛佳小姐交談，雙臂再次使力，用著更勝之前的力道推壓。

愛佳小姐屁股的小肉肉凹陷進去，大紅色的內褲深深卡進兩片臀瓣之間，看上去煞是撩人。

「嗯～！嗯嗯～～！」

愛佳小姐同樣努力地擺晃身體，掙扎著想從木板脫身。

另一方面的雪音小姐和布施同學則是——

「呼啊……呼啊……！身體好燙……！總覺得整個人燒起來了……」

「會長？妳究竟怎麼了？該不會是發燒了吧？」

不行不行不行！再拖下去真的不行啊！

雪音小姐現在也是隨時隨地準備一個人開始大玩ＳＭ的模樣！她的被虐狂本性就快曝光了！

「天、天真大人……！應該再一下下就能拔出來了……！」

「真的嗎？」

仔細一看，屁股的位置確實稍微移動了一點。

很、很好！這下看見曙光了！即將能告別這個地獄窘境了！

我拚死命地使出最後的力氣，用力推擠愛佳小姐的屁股。只見屁股又再移動了幾分，最後總算擠出洞口。

「很好！總算成功了——」

然而，愛佳小姐卻在此時再度出包。

「噫呀！」

當她屁股拔出來的同時，整個人也順勢往前飛撲。而撲過去的方向正好又有其他三合板。只見數片相疊的三合板立靠在牆上。

「呀啊！」

愛佳小姐發出可愛的驚呼，硬生生撞在三合板上。其中一片三合板因為衝擊而倒向意想不到的方向，那正是——雪音小姐所在的位置。

「咦……？」

啪當——！在一道巨響之後，就看到雪音小姐被壓在三合板底下。

「「雪音學姊——！」」

我和布施同學同時大喊出聲，兩人急忙搬開比想像中還要重的三合板。

接著上前確認雪音小姐的狀況。

「啊啊嗯……！我被壓倒了……！好重、好痛苦啊……呼啊呼啊……」

只見她正因為被壓倒而興奮不已——！沉浸在痛楚帶來的快感之中——！

「雪、雪音會長……妳怎麼了……？為什麼一副很舒服的樣子……」

「這、這下可不得了！得趕快去保健室才行！」

為了蒙混過去，我刻意提高音量大喊。

接著以公主抱一把抱起雪音小姐，立刻奔向保健室。

「等、等一下，一条同學！我也一起去！會長看起來不太對勁！」

「布施同學，愛佳學姊就交給妳了！妳看！她現在還倒地不起喔！」

我邊說邊指了指愛佳小姐的方向。她同樣被其他木板壓住了。

「啊，真的耶！愛佳學姊，妳撐著點——！」

布施同學急忙前去救出愛佳小姐。

我則趁機帶著發情中的雪音小姐逃離了體育器材室。

很、很好……！這下任務完成了！

「嗯呼啊……呼啊……被壓倒的感覺真是太舒服了……！」

不，還不行！她依然處於興奮狀態！

「主人……！再更粗暴一點地對待我嘛？盡情地對我為所欲為吧！」

「真是夠了！這種事至少給我只在家裡做啊——！」

※

之後，我邊是設法讓情慾全開的雪音小姐冷靜下來，邊帶著她前往保健室。

幸好此時的雪音小姐已經恢復平時的模樣。我敲了敲保健室的門，接著走進室內。

「報告……咦，奇怪？老師不在嗎？」

保健室裡空無一人。不僅看不到平時總會留守在這裡的保健老師，床鋪上也沒有半個學生。

「老師外出了嗎？還是有人受傷，趕過去看了？」

「天真學弟，真的很不好意思，接二連三地麻煩你……我已經沒事了，快點回去繼續作業吧。」

「那怎麼行。姑且還是必須檢查一下。好了，妳先到那裡休息，等老師回來吧。」

我邊安撫一臉過意不去的雪音小姐，邊要她在椅子上坐下。既然保健室的門沒鎖，就表示老師很快就會回來吧。

此時，雪音小姐似乎注意到什麼。

「咦……？天真學弟，你的手……」

「咦？」

我順著她的話低頭打量自己的手，只見手背上有道劃傷，還有些許鮮血從傷口滴落。大概是剛才幫忙愛佳小姐或雪音小姐時，被什麼東西劃傷了吧。這下受傷的人反而變成我了。

「天真學弟……都是我害的……！」

「才沒那回事！妳別放在心上，沒什麼大不了的啦。」

這點小傷口根本算不上受傷，甚至連治療都不用。

然而，雪音小姐可不這麼想。

「不行！一定得好好治療才行！」

「咦，唔哇！」

她站起身拉著我的手，硬把我帶到洗手檯前。她先是用自來水清洗我的傷口，接著再用乾淨的毛巾仔細擦乾。回到保健室後，她拿來軟膏塗抹在我的傷口上。

「天真學弟，你還好嗎？還會不會痛？」

「啊，沒事，本來就不會痛啦。」

話說，總覺得雪音小姐處理起傷口非常熟練……之前我感冒時也是，她大概很擅長照顧病人吧。

或許是因為身為大姊，一直以來總是像這樣照顧月乃和花鈴吧。她變態歸變態，但這些地方真的非常可靠。雖然是個無與倫比的變態。

「天真學弟……真的很對不起。都是我害你受傷的……」

「不會啦，我真的沒事。而且妳也細心替我治療了，所以妳不必向我道歉啦。」

「不……那怎麼行。這樣的話，我心底會有疙瘩的——身為奴隸的我，居然害主人的手受傷了……」

咦？

「果然還是必須慎重道歉才行……請接受我誠心誠意的服侍吧！」

拜、託、饒、了、我！

為什麼這個人的思考總是動不動就歪到那方面去啊！滿腦子就只有色色的事嗎？是說為什麼她就是不明白，這種ＰＬＡＹ只會給我帶來麻煩而已呢？

「主人，為了表達我的歉意，請讓我更加仔細地替您檢查身體吧！」

「檢、檢查……？」

「我一定會治好主人的所有不適，請讓我服侍您吧！」

只見雪音小姐不知什麼時候從制服換成了白袍。大概是把保健老師掛在衣架上的白色長袍拿來穿了吧。等等，再怎麼說也換太快了！

「來吧，主人。總之，請在那張床躺下吧？」

「哇！」

雪音小姐拉著我的手臂，把我帶到最內側的床鋪躺平。

接著像是要把我撲倒似的整個人壓到我身上。

「首先來檢查一下有沒有其他地方受傷。我會仔仔細細地檢查的～」

身穿清純白袍，宛如天使般的雪音小姐，臉上卻露出淫靡的表情。

啊，我知道這個。所謂的醫生角色扮演。有一部分人很愛玩的那種。雪音小姐拿出擺在一旁的聽診器和針筒，十分地入戲。

「主人，請快點脫掉衣服吧！」

而且還說出非常不得了的發言，喂喂喂！

「等等，為什麼非得脫衣服不可啊？」

「身體檢查時，本來就要脫掉上衣不是嗎？所以，天真學弟也乖乖全裸吧！」

「鬼才要啦！再說了，我並沒有其他地方受傷！」

「啊，你該不會是在害羞吧？不然，我先示範給你看吧？」

雪音小姐敞開身上白袍的前襟。

裡頭上下成套的大紅色內在美隨之露了出來。接著雪音小姐毫不遲疑地伸手解開內衣的勾釦。原本飽受拘束的爆乳頓時在我面前獲得解放。

不要啊——————！變態——————！這個人簡直就是痴女啊！不，認真說來，她原本就是個痴女！

之後，她順勢將手指滑進內褲。性感十足的內褲沿著大腿滑落，訣別了腳尖後掉落到地面。才一轉眼的工夫，雪音小姐便脫到只剩一件白袍。

「那麼，主人也快脫吧？有人陪著一起脫，就不會害怕嘍♪」

「不，我才不會脫！是說妳快點遮起來啦！把身體包好！」

「果然還是不好意思自己動手脫嗎？那麼我來替你脫吧☆」

「才不是這個原因啦！」

然而，這種狀態下的雪音小姐，已經聽不進我的話了。她伸手探向我的襯衫釦子，以不可思議的驚人速度逐一解開。

「主人，您只要乖乖別亂動就好，其他一切都交給我吧！」

「住、住手啦，笨蛋——————！拜託不要鬧了——————！」

沒一會兒工夫，所有釦子便被全數解開，襯衫前方大大敞開。上半身這下根本和脫光沒兩樣。

「那麼要開始檢查嘍！有沒有哪裡會痛呢～？」

之後雪音小姐興高采烈地開始扮演起護士。她將聽診器貼在我的胸口聆聽我的心跳聲，同時對我的身體展開觸診。美麗的手指滑過我的胸口、腹部，接著再撫過臉頰、脖子。每當她一動作時，傲人巨乳便會隨之撩人地搖動。豐滿欲裂的巨乳有如彈力球一般彈晃。

這樣不管怎麼說都太危險了。就算是我也沒有自信能夠保有理智啊……！

「咦？主人的心臟怦通怦通地跳得非常快喔？」

也不想想是誰害的！

「看來有必要進行全身檢查才行呢。」

「咦……？」

「這邊似乎沒有受傷……接下來換這裡吧☆」

雪音小姐的視線投向我的胯下。

不、不妙！不妙不妙不妙不妙！

「主人，我來幫您檢查這裡喔？」

雪音小姐甜笑說道。接著她將聽診器貼在我的胯下。

「唔哇啊啊啊啊啊啊啊啊啊！」

「啊，果然沒什麼精神呢，聽不見怦通怦通的聲音。」

聽得到反而才有毛病啦！

「不過，請放心吧！我現在就替您重振精神。」

如此說著的雪音小姐敞開白袍，朝我露出裸體。有如膨脹的麻糬一般飽滿的胸部、纖細的美麗柳腰、性感滿點的大腿，以及女性最重要的私處——

「儘管看吧。如何？有重振精神了嗎？」

「唔唔唔！」

我急忙遮住眼睛。我很清楚地感覺到自己的臉頰正一片通紅。

「還是沒有精神嗎？既然如此，只好直接替你檢查了，把下半身也脫光吧。」

NO————————————！

這人還打算進一步做什麼嗎？這算哪門子的治療！根本就是服侍PLAY嘛！而且她剛才一直強調的「重振精神」，絕對是很猥瑣的意思！

「嘿咻！嘿咻！首先替你解開皮帶吧～☆」

「唔哇啊啊啊！雪音小姐，不要碰我啦！」

喂，誰快來阻止這個被虐狂啦！拜託了！請放過我吧！

神啊！佛祖啊！惠比壽大神啊！無論各路眾神都無所謂，現在請立刻救救我吧！不管誰都好，拜託來個人救救我吧————————！

「雪音會長！妳沒事吧————————？」

唔呃呃呃呃～～～～～～～～～！布施同學————————！

棘手的傢伙來了！棘手的傢伙出現啦！

雖然我確實有說不管誰都好，但怎麼偏偏來了個最要命的傢伙————！

「雪音會長？咦？不在這裡嗎……？會長應該是跟著一条同學過來的才對呀……」

幸好床鋪周圍有用簾子隔開，她沒發現我們的存在。只要靜靜撐過這道危機……！

「快嘛，主人，快脫掉長褲吧！還是要我幫您脫呢？」

不行！不行啊，雪音小姐！現在不是做這種事的時候啦！

她太過專注於ＰＬＡＹ，完全沒留意到布施同學的存在。

「呼啊呼啊……好想大肆地檢查主人這裡喔……」

「啊唔！」

雪音小姐伸手觸摸我的下半身。有如進行觸診一般，溫柔地移動手指。

「咦……？好像聽到了什麼聲音耶……？」

這下死定了啦啊啊————！剛才的聲音被聽見了！

「啊，對喔！也有可能在床上。」

布施同學緩緩地朝我們的方向走過來。唔哇，完全被鎖定了！

「主人……快脫掉衣服嘛。讓我服侍您的分身吧……」

妳到底還要發浪到什麼時候！

「會長～妳在裡面嗎～？」

布施同學隔著簾子看見的身影愈來愈大。

要是她現在拉開簾子就萬事休矣，雪音小姐的性癖會澈底曝光。

縱使布施同學對雪音小姐的崇拜與信仰再怎麼堅定不移，一旦看見雪音小姐主動襲擊男人的這一幕，想法極有可能會驟然改變。無論如何都必須設法度過當下的這道危機才行……！

唔噢噢噢！快動動腦，一条天真快動動腦啊！全國模擬考第一名常勝軍的天才腦袋動起來吧，趕快想出因應對策啊啊啊啊！

「————啊！」

正當我拚死命地絞動腦汁時——

我的視線正好掃到某項物品。

※

隨後，布施同學隔著簾子開口問：

「會長～不好意思，我要拉開簾子嘍～」

她伸手抓住簾子緩緩拉開，接著她眼中所見的是——

「呃、喲！布施同學，辛苦了。」

躺在床上的雪音小姐和坐在折椅上的我。

順道一提，雪音小姐整個人都被蓋在棉被下，就連臉也被遮住了。

「……為什麼一条同學也在啊？」

布施同學語氣冰冷地詢問，不悅的情緒完全表露無遺。

「這是當然的吧？畢竟是我送雪音學姊過來的啊。只是來了之後才發現保健老師不在。無可奈何之下，只好在這裡等待，結果雪音學姊等著等著就睡著了。大概是最近太累了吧。」

「哼……那麼會長沒事吧？真的沒有受傷嗎？」

她邊說邊伸手準備掀開棉被，檢查雪音小姐的情況。

「等、等一下！不要碰棉被！難得她睡得正甜，要是吵醒她就太可憐了。」

「啊……的確，說得也是。」

「話說回來！愛佳學姊沒事吧？」

「嗯，幸好看起來並沒有受傷。她現在去處理老師交待的其他工作了。」

所以才會是布施同學過來呀。要是愛佳小姐也在場，一定會幫我巧妙地阻止她吧。

「布施同學也快回去工作吧。我直到老師回來，都會在這裡顧著會長。」

「咦？那怎麼可以交給你！由我來照顧會長就好，一条同學才是快回去工作！」

「我才剛加入學生會，不太清楚工作流程。如果由布施同學來進行，工作起來會更有效率吧？」

「唔嗯……」

布施同學一臉不甘地噤聲不語。不過，她隨即重整心情。

「……我明白了。那麼我去叫老師過來！你可不准對會長做出奇怪的事喔！」

說完，布施同學便飛也似的衝出保健室，氣勢萬鈞地放步狂奔去找老師。

……呼……這下總算蒙混過關了……

我卸下心中大石地吁了一口氣，掀開雪音小姐的棉被。

「要是被她看到這副模樣就完蛋了……」

棉被底下出現的是一如方才只穿了一件白袍的雪音小姐；只不過有個地方和剛才不一樣。

那就是現在的雪音小姐全身正纏滿繃帶。胡亂捲繞的繃帶緊緊纏縛住雪音小姐的身體，使得她完全無法動彈。

我在布施同學即將拉開簾子的前一刻，發現了雪音小姐剛才拿過來的繃帶，於是就用繃帶綁住她。接著我將她丟到床上，再用棉被蓋住她的身體。

這道突然閃現的靈光，簡直是ＩＱ１５０的等級！全憑我天才般的思考，才能順利度過危機。

「呼啊啊嗯……！被綁住的感覺果然好舒服啊……！」

雪音小姐完全不知道我的辛勞，正一臉幸福地羞紅著雙頰。

原本醉心享受著拘束ＰＬＡＹ的她，在布施同學回來前總算切換至聖人模式。

另外，被我們動過的器具用品也在向保健老師道歉後，請老師全都更換成新品了。

第三章　想要成為妳的助力

加入學生會後，天天忙著處理各式各樣的工作，不知不覺間，校慶時間就迫在眉睫。隨著時間愈來愈接近，各班級的準備工作也進入最後趕工階段，所有人都忙得不可開交。

晚上八點多時，我和雪音小姐結束工作回到家，就看到月乃垂頭喪氣地坐在客廳。她坐著的座位周圍，散落著用來製作飾品等滴膠水晶的套件。因為最近月乃都是在這裡製作校慶當天要賣的飾品。

「唉……好累……大家老是把工作推給我一個人……」

「妳還好嗎，月乃？神色看起來好黯淡呢……」

雪音走到大發牢騷的月乃身旁向她搭話。

「一點都不好……夏帆和麻由里幾乎把她們應該負責製作的數量全推給我做。而且還說什麼『反正月乃最擅長手工嘛～』、『我得忙著和男朋友約會～』的鬼話……！下次絕對要叫她們請客……！」

「哈哈哈……真是辛苦妳了，月乃。這樣吧，我來煮頓美味的晚餐，替妳加油打氣吧！我現在就去準備，妳等我一下。」

「啊，抱歉……我比較早回家，明明應該是我做飯才對……」

「沒關係、沒關係～妳別在意。妳現在只要專心處理班上的事就好。」

雪音小姐溫柔地輕輕搭住月乃的肩膀。

此時，花鈴慌慌張張地跑下樓。

「雪音姊——！幫幫我——！」

她一路奔進客廳，同時在雪音小姐面前攤開圍裙。

「花鈴拿到的圍裙是瑕疵品！姊姊幫我補一下這裡的釦子！」

那件圍裙似乎是花鈴要在攤位上穿的。釦子部分看起來一副隨時都會脫落的樣子。

「花鈴……妳連這點小事都沒辦法自己做嗎？這樣妳往後會很困擾喔。」

「做不來的事情就是做不來，花鈴也沒辦法呀！拜託啦，姊姊！明天之前一定得補好才行！」

「好啦～交給我吧♪明天早上前會幫妳補好的。」

「太好了～！謝謝姊姊！」

花鈴開心地飛撲抱住雪音小姐；雪音小姐也舉手摸了摸花鈴的頭。

「總之，我現在先去煮晚餐，妳們兩人先回房休息吧。」

「我知道了。謝謝妳，雪姊。」

「我會先準備好針線包！」

兩姊妹在雪音小姐的指示下，和樂融融地一起回到二樓房間。

待兩人離開後，我再也忍不住地開口詢問雪音小姐：

「雪音小姐，妳真的不要緊嗎？」

「咦？怎麼這麼問？」

「因為妳自己明明也很忙吧？卻還得照顧她們兩人……」

要是雪音小姐努力過頭，對我來說會很傷腦筋。萬一她又在學校做出被虐狂行為，到時候祕密恐怕真的會曝光。而且，我單純地擔心她的身體會吃不消。

「天真學弟……總覺得你最近對我很溫柔呢！」

雪音小姐對我投來一記微笑，同時順勢輕輕抱住我。而後——

「謝謝你。不過，我真的不要緊。因為我是大家的姊姊呀。」

雪音小姐摸了摸我的頭，就像她剛才對花鈴做的一樣。

「…………」

她真的是……無論我再怎麼擔心，她總是像這樣擺出一副游刃有餘的態度……

總覺得有點不是滋味。顯得我老是居於下風似的……

「對姊姊來說，能被妹妹們如此依賴，是最開心、最幸福的事情喔。所以你不必擔心我。」

「我、我知道了……我知道了啦，請妳放開我。」

受不了難為情與不甘心的情緒，我逃離雪音小姐的擁抱。

過程中，她又補充了一句：

「而且……愈是忙碌，快感指數就愈高呢！哈啊啊嗯！」

「……嗯。晚餐果然還是讓我來煮吧！」

我強硬地斥退雪音小姐，並且進到廚房開始張羅晚餐。

※

校慶前一天。

這一天的課程全數取消，把時間挪來準備校慶。每年的這個時間，我都會拋下班上的準備工作，一整天埋頭自習——但今年可容不得我這麼做。

「天真學弟，那面布告欄是要貼這張海報喔～另外，這張麻煩你貼在下面。」

「啊，抱歉，我知道了。」

我現在正和雪音小姐兩個人一起忙著處理學生會的工作。工作內容是把決定好的海報貼在校內各個指定位置。

除了工作之外，我同時也得監視雪音小姐，別讓她的被虐狂性癖失控。

順道一提，另外兩個人現在應該是去準備開幕典禮的擺放椅子等工作。

「我看看……貼完這裡，這一樓就全都貼完了……」

「是啊。那麼接下來就去特別棟吧。」

正當我準備前往其他地點時——

「啊，雪音會長！可以請妳過來一下嗎？」

附近一名一年級女生叫住雪音小姐。唉……這是第三次了吧。

「怎麼了？遇到什麼麻煩了嗎？」

「是關於我們班上的展示方式，想請會長給點建議——」

今天一整天，雪音小姐不管走到哪裡，都會被許多學生叫住，請她幫忙班級的準備活動。而且她居然來者不拒地全部接受了。

「嗯，我知道了。那麼現在就到你們班上看看吧。」

「謝謝妳，雪音會長！」

女學生帶著雪音小姐前往一年級的教室，我也隨後跟了過去。

雪音小姐看了一眼女學生班上展示的氣球藝術，立刻開始提出建議。

「嗯～這件作品最好擺在中央展示會比較好喔，整體看起來也會更加平衡。」

「原來如此！完全沒有想過這一點呢！」

一年級的學生們聽完雪音小姐的話後，便馬上更換擺設位置。

是說不只是同年級的同學，就連學弟妹們都非常仰賴雪音小姐。這樣的場面看多了，更能深切體會到她平時確實是個非常稱職的會長。無論在家裡或在學校，她一直都是周遭人們眼中可靠、有如聖人般的存在。

除了我和愛佳小姐以外的其他人，大概壓根都不會想到她居然是個被虐狂吧。

「嗯。這樣應該就可以了喲～整體呈現看起來更美了！」

「是的！謝謝會長！」

一年級的學生們向雪音小姐行禮表達感謝。之後，我們離開一年級教室。

「妳真的相當有人望耶。應該找不到第二個人，可以像雪音小姐這麼備受人們仰賴了吧？」

「哪有，才沒這回事～身為會長的我，能力上還有許多不足。而且替學生們盡心盡力，本來就是會長該做的。」

而且絕對不會賣弄實力。說真的，如果她不是變態的話該有多好。

「不過，大家真的都很努力耶～總覺得大家對於今年校慶攤位活動的投入度更勝以往呢。」

「啊……聽妳這麼一說，的確是耶。」

大家確實比我想像中更加全力以赴地準備。

光是今天一天看下來，包括剛才的氣球藝術、巨大立體模型展示以及攀岩區等，有許多煞費苦心的內容，可以感受到大家對於校慶所展現出的熱情。

雖然在我看來，校慶就是個浪費時間的活動罷了。根本只是在玩而已。

要不是為了雪音小姐的事，我現在這個時候大概正一個人默默讀書吧。

「天真學弟……你還好嗎？總覺得你看起來有點悶悶不樂……」

「沒、沒有啦！才沒那回事！」

糟糕，不小心把心中的不以為然寫在臉上了。

就算再怎麼不喜歡校慶活動，我現在好歹是學生會的一員，必須確實做好分內工作才行。

「啊，學生會長！原來妳在這裡呀！」

冷不防地再度傳來呼叫雪音會長的聲音。

回頭一看，這次是一年級的男學生。只見他慌慌張張地往我們跑過來。

「雪音會長，拜託妳！請幫幫我們吧！」

看來又是來求救的。而且這名男學生看起來非常焦急。

「有什麼事需要幫忙嗎？」

雪音小姐詢問完，男學生上氣不接下氣地開始說明：

「我們班上打算拍攝戲劇，但是遇到一件大問題……」

拍攝戲劇嗎？這同樣也是相當費神的攤位活動。

「原本預定今天拍攝完最後一幕後，要加緊趕工進行影片剪輯的……但偏偏演出的兩名演員同時感冒請假……」

「「咦？」」

我和雪音小姐異口同聲發出錯愕聲。

喂喂喂，不會吧？明天就是校慶登場的日子了耶。在這種緊迫的狀況下，居然一次缺了兩名演員……

「就算想找人代演，班上所有人都已經在劇中軋上一角了……難得都已經努力到這一步了，這下子戲劇就要開天窗了……」

「這、這樣啊……事態聽起來很嚴重呢……」

「所以了，拜託！能不能請學生會派人代演呢？」

男學生深深低下頭說道。

不，可是……參演戲劇……和至今為止的提供建議這類的請求相比，這個擔子實在太沉重了。就算他再怎麼拜託，演戲畢竟不是輕輕鬆鬆就能辦到的——

「我了解了！如果不嫌棄的話，就讓我們兩人來幫忙吧！」

「真的嗎？謝謝會長！」

等等，好草率！雪音小姐回答得太草率了！想都不想地立馬答應真的好嗎？

不過，如果是雪音小姐的話，大部分的事情都難不倒她。她一定和我不同，對於演技想必也很有自信吧。

「天真學弟也和我一起加油吧！」

「咦？我也要演出嗎？」

我突然莫名其妙地被一起拖下水。

「不、不好意思，缺少的角色正好是一男一女……」

男學生一臉歉疚地對著反應十分不情願的我說道。

是說正好缺一男一女嗎……學生會裡可以代演男生的就只有我一個人而已……

「就試試看嘛，天真學弟。畢竟很難得可以體驗演戲嘛。」

雪音小姐也跟著開口拜託。

不，跟我說也沒用啦！縱使我歷練無數，但實在沒有接過演戲的打工耶！

「學長！拜託你！現在能求助的對象就只剩學生會了！」

「我也很想和天真學弟一起演戲呢～」

他們倆一搭一唱地說服興致缺缺的我。

可惡……！他們都說到這個地步了，要是狠心拒絕，實在有些於心不忍……

而且我現在也算是學生會的一員。「替學生們盡心盡力，本來就是學生會該做的」。

既然如此，若是無視這一點，將會有違我個人的工作原則……！

「……真拿你們沒辦法，我知道了啦……」

結果我半是嘆息地如是說道。

「麻煩你了！感激不盡！真的很謝謝你！」

聽到我的回答後，男學生再三對著我低頭致意。呃，也沒必要那麼多禮啦。

「不過，如果換我們代演的話，其他幕也必須重拍吧？」

「這點不必擔心！那兩個角色的出場次數只有一幕而已！」

既然如此倒是無所謂……如果只須拍攝一幕……

「影片拍攝嗎……總覺得很像形象影片呢……？」

喂，雪音小姐，並不是喔！拜託不要夾緊雙臂強調胸部啦！

「那麼事不宜遲，趕快開始拍攝吧？話說要在哪裡拍攝呢？」

「啊，說得也是！那麼請過來我們班上吧！」

男學生說完後，便帶著我和雪音小姐一起前往他的班級。教室內已經準備好拍攝用的攝影機等，桌椅則是呈現奇妙的排列方式。大概是要直接把教室當成拍攝場所吧。

一到教室後，學弟妹們便立刻向我們說明戲劇內容。

「首先，這部戲的劇情大綱是『死都不想念書的學生與念書至上主義的教師們，賭上自由的戰爭』，是部熱血奮戰劇！」

「是、是喔……真是別出心裁的內容啊……」

這是什麼無厘頭的狗血劇……是想向教育部叫囂嗎？

「要請你們幫忙拍攝的是……『吊車尾的女學生F被路人男教師捉住後，陷入經典唔殺的窘境』這個橋段！你們兩位分別飾演女學生F和路人男教師。」

「喂，給我等一下！『唔殺』是什麼意思啊？」

聽到陌生的字彙，我忍不住發問。

「就是『唔……殺了我吧！』的簡稱啦。這是高傲的女性在被敵人捉住時會說的臺詞。另外，這次要請一条學長用這根皮鞭抽打會長。」

一名學生遞給我一根玩具皮鞭。

「不不不不不！這樣不行吧！這種內容絕對不行吧！」

男生對女生揮鞭的橋段，就道德面來看，應該會被判出局吧！

「雪音小姐！在校慶播放這種戲劇沒問題嗎？我覺得這一段問題非常大耶……！」

「咦？完全沒問題呀？邪惡組織用皮鞭教訓敵人，這種橋段就連兒童適宜的動畫裡也會出現嘛。還是說，天真學弟想到奇怪的事了呢～？」

雪音小姐非但沒有認同我的意見，甚至還掛著不懷好意的笑容調侃我。啊啊，真是夠了，我居然會笨到去問她！

「再說了，這畢竟是他們班上共同努力想出的劇情，當然會想支持他們吧？」

「唔咕……！」

被她這麼動之以情，我也不好再多說什麼……

結果我的抗議無效，反被雪音小姐壓得死死的。

之後，我們充分讀熟劇本後，再確認了劇情流程與臺詞。幸好臺詞並不多，而且學弟妹們也說了會有提詞板，所以並不算太困難。

確認完成後，便立刻開始拍攝。

不過，果然還是會緊張……畢竟是第一次演戲，心臟跳得愈來愈快了……

「天真學弟，表情別那麼僵硬嘛。就算失敗了也沒關係喲？」

「好、好的……我會努力……！」

的確，再怎麼緊張也沒用。學弟妹們也說了，即使失敗也無妨，再重拍就好。總之，先讓心情冷靜下來吧。我反覆地深呼吸。

這段期間，雪音小姐則是被綁在牆上，雙手雙腳都被固定住。之後我站到她的旁邊，一切準備就緒。

「那麼要開始拍嘍！準備──Action！」

在擔任導演的學生一聲令下，終於要開拍了。接下來開始進入角色！

「哇哈哈哈哈哈！妳以為光憑這點學力，就可以贏過本大爺嗎？妳就好好嘗嘗我的補課地獄，我一定會把妳變成資優生！」

「唔……與其要接受補課，我情願一死！快點殺了我吧！」

「我可不會讓妳如願！讓成績差的愚蠢學生改過自新，正是教師的工作。妳就直接用身體好好記住積分公式吧！」

「住、住手！你簡直不是人！我要向家長會投訴你！」

……這個橋段果然很奇怪吧？這到底是什麼無厘頭的展開啊……

我一邊這麼想，一邊按照劇本說出臺詞，同時朝雪音小姐揮落皮鞭。玩具皮鞭落在她的身上，發出「啪」的一記清脆聲響。

「喝啊喝啊！看我把定積分的性質，確實刻進妳的骨子裡！」

「呀啊啊！不行了！我快要喜歡上數學了！」

我一而再、再而三地揮動皮鞭，教訓雪音小姐飾演的女學生F。

根據劇本內容，我反覆揮鞭了一會兒後，主角群的少年少女們將會前來拯救女學生F。最後一行人打倒鬼畜男教師後，迎接可喜可賀的落幕。

我在心底默默祈禱可以快點拍完，一手繼續揮動皮鞭。

就在此時——

「哈啊啊啊嗯！」

雪音小姐的哀號聲突然變得嬌媚起來。

「啊唔……哈啊啊嗯……！不行了……」

……奇怪？她好像演得怪怪的？語調似乎也和剛才不太一樣？

「哈啊……哈啊……被人這麼對待，讓我變得好奇怪……！」

她該不會……興奮起來了？居然拍戲拍到一半就興奮起來了……？

「噫呀啊啊啊嗯！不行了啊啊啊啊啊！感覺好棒啊啊啊啊啊！」

果然很明顯處於興奮狀態————！

這個被虐狂隨著我每一下揮鞭，不停發出媚惑的連連嬌聲！

仔細想想也是啦……演出這種場面的話，雪音小姐勢必會發情的啊！不但手腳被綁住，還被人用皮鞭抽打，甚至還遭到辱罵。再也沒有比這更讓被虐狂欣喜的狀況了。

啊啊啊啊！我這個笨蛋！在我想到這個橋段有違道德的時候，就應該可以輕易預見到會有這種結果才對！

都是因為演戲的緊張感，讓我的心思無暇顧及到那麼多……！

「我不行了！老師，我快不行了！身體開始抽搐起來了——！」

唔哇啊啊閉嘴啦——！不要用那種表情抽搐身體啊！大家都在看妳耶！而且還有攝影機在拍喔——！

若是在這個時候暴露本性，會被一五一十記錄下來的！是說在擔心這個之前，如果繼續淫叫下去，絕對會被周圍的學弟妹們發現——

「好、好厲害……！雪音會長演得好投入喔！」

似乎反而大受好評！她的表情和喘息聲，都被當成逼真的演技！

這還真是讓人欣慰的美麗誤會……不過，學弟妹們遲早還是有可能會察覺到異狀。思及此，我更是覺得大意不得。

正常來說，我這時候應該立刻停止揮鞭中斷拍攝才對。然而突然這麼做，反而會顯得不自然。或許還會因為我不自然的舉動，害得雪音小姐的性癖曝光。而且臨時也想不到什麼好藉口，我只好繼續邊說臺詞邊揮動皮鞭。同時在心底向神明祈禱，千萬別讓學弟妹們發現。

「喝啊！更加努力地用功吧！妳這個吊車尾的廢物！」

「啊啊嗯！對不起！身為社會的墊底廢物，我很抱歉！」

辱罵與鞭打的豪華全餐，使雪音小姐露出一臉恍惚的神情。

別鬧了！雪音小姐堅持住啊啊啊啊！別露出淫靡的表情啦！

主角們應該即將登場擊退我了！在那之前，請再忍耐一下吧——！

是說主角群也太慢了吧？依照劇本的話，當我一講完剛才的臺詞時，大家就應該前來拯救雪音小姐才對……

「雪音會長的演技實在太出色了……！」

「是啊……遠遠在我們之上呢……！」

不要看到入迷啦——！快點上場啦——！

我在心底大聲疾呼，同時繼續不停揮鞭。

※

「呼……呼……真的快累死了……」

「辛苦了！成果非常棒喔！」

拍攝結束後，學弟妹們紛紛向我們躬身致謝。

結果主角群們在盡情欣賞完雪音小姐的演技後，才總算登場救人。幸好學弟妹們都只把雪音小姐的舉止視為演技，這下應該算是成功守住祕密了吧。

而且拍攝也是一次ＯＫ。

「真不愧是雪音學姊！被鞭打時的哀號演技實在是太逼真了！」

「雪音學姊果然好厲害！這下順利拍攝完成了！」

「哈哈哈，謝謝你們～不過也別太誇獎我，我會害羞的～」

學弟妹們向雪音小姐投以羨慕的眼神，同時大方地表達尊敬。

「飾演老師的一条學長也同樣演得很好喔！真的辛苦你了！」

「喔、喔……別客氣……」

大概是顧慮到我的心情吧，一開始來找我們幫忙的那名男學生開口對我說。

「啊，對了！請務必一起來確認影片吧！我稍微播放一下剛才的片段！」

「啊，也好……讓我看看吧。」

剛才拍攝的影片裡，有拍到雪音小姐興奮到差點失去理智的模樣。雖說學弟妹們並沒有發現，但還是有必要確認一下，是否可能因此而使性癖曝光。

男學生將攝影機接上電視，接著播放剛才拍攝的片段。

「……………！」

看到影片時，我不由得倒抽一口氣。

「那個……如何呢，一条學長？」

男學生打探我的臉色，像是要確認我的反應似的。

呃，這是要我從何說起……

影片——比我想像中拍得更好。

明明演員都只是一般素人，成果卻比預想中更加有模有樣。雖然看到自己演戲的模樣總覺得有點羞恥……但我想絕對不算差吧……？

「……我覺得拍得挺不錯的喲。應該吧……」

「真的嗎？太好了～！」

我因為太過難為情，總之先這麼回答了；男學生則像是鬆了一口氣似的。

「啊，對了！不嫌棄的話，要不要也看看其他片段？雖然還沒有全部剪接好，但有一部分已經完成了！」

「咦？不了，我們還有其他工作——」

「你看！例如這一幕也很棒喔！像是特效之類的，都是大家一起想的喔！」

男學生似乎愈說愈起勁。他打斷我的話，又再次播放其他片段。那一幕是主角大戰敵人的場面。應該是最後決戰吧。看起來像是最終大魔王的教師們和主角群的少年少女們手持武器互相對峙，接著開始戰鬥。

下一瞬間，我不禁寒毛直豎。

「什——！」

這個特效是怎麼回事……？主角群的前方閃現出美麗的光影特效，接著形成一個魔方陣。而後，從那個魔方陣裡發射出一道光線，一舉擊潰大批敵軍。飾演戰敗教師的學生，最後化作黑色粒子消失無蹤。

「哇～！好厲害～！這個光線特效好酷喔～！」

不知什麼時候來到我身邊一起觀看的雪音小姐，眼神閃閃發亮地發出讚嘆。

「真的嗎？謝謝誇獎！這部分的特效，可是我們的自信之作喔！」

「不僅是特效，為了呈現出臨場感，包括拍攝的運鏡和剪輯，一定都經過仔細考量吧？一般都會覺得很難在戲劇中呈現出武打場面，但因為運用了許多巧思，讓人看得很過癮呢！」

「雪、雪音會長……！」

「真的是部可以充分感受到全班熱情的出色作品！大家都好棒！要加油喔！」

「是、是……！」

得到雪音小姐的讚賞，班上學生們紛紛以各種不同的形式，表達出內心的喜悅。有些人擺出勝利姿勢，有些人則互相擊掌，其中也不乏有人的眼眶變得溼潤。

不過……這部作品的確很出色。

就連我也是在回過神時，才發現自己一直到這一幕結束為止，都目不轉睛地盯著螢幕。在不知不覺間，自己已完全被這部作品震懾住了。

當所有片段都播放完畢後，男學生一臉自豪地說：

「雪音會長和一条學長演出的片段，接下來也會加上大量特效！明天請務必過來我們班上觀看！」

「啊，好的……有時間的話，會過來看看的。」

「我校慶當天會很忙，但會盡可能抽空過來！」

老實說，我很想去看看成品……他們的作品確實有著讓人想看的魅力。

「雪音會長……一条學長……多虧有你們的幫忙，這部作品才能完成。兩位真的幫了我們天大的忙！」

男學生突然正經八百地面對我們。

「非常感謝兩位今天的協助！」

「「「謝謝你們————！」」」

全班同學也跟著向我們低下頭致意。

「哈哈哈，這只是小事一樁啦～那麼最後的收尾也要加油喔！」

「「「是！」」」

雪音小姐說完後，學弟妹們異口同聲地回答。

之後我們離開這間教室，返回原本的工作崗位。

「——吶，天真學弟。你覺得今天這部作品如何？」

「咦……？」

雪音小姐冷不防地丟給我一道不著邊際的提問。

「我希望天真學弟可以老實說出心中的感覺。你從剛才看下來，有什麼想法呢？」

「這個嘛……」

看完那部創作劇的感想嗎……如果是平時的我，一定會嗤之以鼻地回答：「浪費時間！」與其弄這些東西，還不如把時間拿來念書或工作。

可是——

「……故事本身非常離奇。不過……可以感受到大家認真投入的熱情。」

現在的我有了與過去截然不同的感想。

「就如同雪音小姐說的，看得出大家是多麼全心全意地拍攝……老實說，我覺得還滿有意思的。」

「對吧？你果然也是這麼想的吧！」

雪音小姐眼神閃閃發亮地說道。

「校慶的時候呀，如果認真起來，就能製作出相當出色的作品喔。雖然大家都只是平凡的學生，不過只要努力的話，就能拍出像那樣撼動人心的影片。天真學弟不是也很驚訝嗎？」

「是的……水準的確很高。」

「我相信那部作品的完成，都是靠著大家的全力以赴和攜手合作。只要認真看待校慶，就會有無與倫比的收穫喔！」

的確，假如沒有認真使出全力，門外漢不可能在短短兩週內拍出那麼出色的作品。

在這段我一直以來都只認為是浪費時間的校慶準備期間內，他們究竟歷經了多少辛勞呢？這點我實在難以想像。

對於他們所花費的努力和苦心，以及最後完成的作品，我無法批評是浪費時間。

非但如此——我甚至感到有點高興，自己也能稍微參與那部作品的演出。

「所以，我認為校慶還是有必要的。只要認真投入努力，或許也會有所收穫喔？」

「……！」

剛才演完戲後，看到自己演戲的畫面時，內心湧現出的那股成就感，如今又在胸口重新發酵。那是和念書、工作所獲得的收穫稍微不同的充實感。

「我希望天真學弟也能樂在其中地參與校慶。這樣一定會讓你獲益良多喔！」

雪音小姐如此說完，俏皮地朝我拋了一記媚眼。

而後，大概是不想讓人覺得她在說教吧，她立刻切換話題。

「好了，那麼繼續把剩下的海報貼完吧！只剩特別棟了。」

她與高采烈地說道，同時踩著輕快的腳步走向特別棟。

「那、那個！雪音小姐！」

我開口叫住她。

「嗯？怎麼了，天真學弟？」

雪音小姐回頭望向我。我躊躇了幾秒後，鼓起些許勇氣說：

「……要不要也到其他班級看看？」

「咦……？」

如果是剛才為止的我，絕對不可能說出這句話，因此聽到這句話的雪音小姐不由得驚訝得瞪大雙眼。

「呃，我是想說……或許還有其他人正遇到麻煩……而且到各班巡看，本來就是我們學生會應該做的。」

這種話說出口時，總覺得莫名地害臊……不過，我想此時還是應該確實表達心意才對。如此才能好好珍惜心中浮現的想法。

「嗯！一起到處看看吧！」

雪音小姐綻開一抹無比燦爛的笑容回應我的心意。

※

巡視完各個班級，也貼完了所有海報後。

學生會成員借用家政教室練習咖啡廳的工作內容。如果是在這裡，也可以任意地使用廚具試做餐點。

話雖如此，負責製作餐點的主要還是雪音小姐。平常就下得一手好廚藝的她，根本沒什麼好擔心的。而事實上，試吃的鬆餅也確實達到一流水準。

接下來則是開始練習接待客人。

「接待客人嗎……我可能沒什麼自信……」

「我也沒有待客經驗～不過，反正我們也不必負責接待客人嘛。」

雪音小姐出聲安慰有些不安的布施同學。

關於當天的工作分擔，雪音小姐和布施同學是負責廚房，我和愛佳小姐則是負責前場。負責廚房的兩人應該不會直接接觸顧客。

「不過，大家還是姑且都先練習一下比較好，畢竟不知道當天會有什麼突發狀況。總之先分組扮演顧客和店員，模擬練習一下吧？」

「啊，那麼我來扮演顧客吧！我對待客還滿有自信的，剛好能指導大家。」

聽完愛佳小姐的提議後，我率先舉手。

畢竟待客可說是打工的基本項目。至今為止待過無數餐飲店，還被附近店家的店員敬畏為「待客之王」和「待客至尊」的我，滿腔的熱血正在沸騰……！

「咦……要接待一条同學嗎……？」

布施同學一副看到昆蟲屍體般的眼神，表達著內心的抗拒。喂，我有那麼令人覺得反感嗎？

「小圓，天真學弟也是為了我們好，才會這麼說的喔？如果覺得不安，就姑且練習一下吧？」

「唔唔……既然雪音會長都這麼說了……」

縱使再怎麼討厭我，唯有雪音小姐的命令還是會言聽計從。

「那麼就先請布施同學練習吧。假設我現在剛進到店裡，請妳開始接待我。」

「我知道了啦……咳咳！」

布施同學先清了清嗓，接著轉換心情，以店員身分開口說：

「……真不歡迎您來店呢。」

「一開口就超失禮的！」

這傢伙完全沒有轉換好心情嘛！根本沒有店員的樣子！

「唉……再說了，現在整間店都客滿了，請你隨便找塊地板趴著吧？」

「我怎麼看都空無一人吧？請妳好好帶位啦！」

「沒人帶位就無法走到位子坐好嗎？所以才說一条同學沒出息嘛！」

「為什麼我得被妳罵呀？」

這種待客態度也太刻薄了。相比之下，所謂的傲嬌根本就是小兒科。

無可奈何之下，我只好在附近的位子坐下，接著舉手呼叫店員。

「那個，不好意思，我想點餐。」

「抱歉，本店所有服務都是採自助式喔。」

並沒有，並沒有好嗎！根本沒有這條規定。

布施同學嘴上罵歸罵，但姑且還是走到我身邊。

我攤開大家事前一起製作的菜單，指著上頭的飲料。

「總之，請給我一杯奶昔。」

「奶、奶精液？你點這什麼東西啊，變態！」（註：日文中的奶昔與精液音相近）

「才沒有！那種東西最好能喝啦！」

那是什麼噁心的飲料啊！是要賣給鬼喔！

「啊～不然……還是給我芒果汁好了。」

「鮑、鮑鮑鮑鮑鮑魚汁！」（註：日文中的芒果與女性私處音相近）

「我說真的，拜託妳去看一下耳鼻喉科！」

這傢伙有事嗎？什麼東西都能聯想到那方面去！對性也太敏感了！

「夠了、夠了！綜合果汁好了！給我一杯綜合果汁！」

「啐……是～我知道了～」

這人實在太奇葩了。如今咂舌這點程度，對我來說已經完全不痛不癢了。

「嘿咻……好了喔。」

布施同學一臉悵然失意的模樣將綜合果汁倒入杯子後，擺在離我一段距離的桌子上……看來她是不打算端過來就對了。

「我、我說啊……畢竟是待客的一環，必須好好端到客人的位子啦……」

「你這麼說的目的就是想騙我端飲料過去，再趁機假裝意外，揉我胸部、脫我內褲或是摸我屁股吧？真的很變態耶！最討厭你了！」

嗯……總覺得隨便她去說了。我站起身，自己走去端飲料。順道一提，此時的布施同學每當我前進一步，她就後退一步，始終與我保持相同距離。

既然她還有多餘的心力這樣玩，我想正式上場也一定沒問題……畢竟面對一般的客人，她應該不至於擺出這麼刻薄的態度。再說了，反正不管我教什麼，她都聽不進去。

「那麼天真學弟，接下來換我吧！」

接著雪音小姐躍躍欲試地舉起手。

她立刻來到扮演顧客的我身邊，用著朝氣十足的問候招呼我。

「歡迎光臨，主人！」

二話不說就放飛性癖嗎？

「等等，為什麼要加上『主人』啊？拜託不要說出危險發言啦！」

「咦？可是我想說這樣的待客方式，應該會更討喜嘛……」

「只有一部分的紳士會開心啦！」

校慶怎麼可能容許那種特殊ＰＬＡＹ！雖然角色扮演咖啡廳也是遊走在危險邊緣就是了。

「總之，請扮演一般的店員！」

「我知道了，普通的店員對吧。」

雪音小姐深呼吸一口氣後，再度揚起笑容開始模擬待客。

「歡迎光臨！請問這位客人今天要指名哪位小姐呢？」

「結果換成更特殊的店了！」

現在是怎樣？酒店嗎？這裡是酒店嗎？咖啡廳才沒有指名制度吧！

「我是雪音。謝謝您的指名——！」

「不，我才沒有指名妳！是說服務生不可以坐到客人身邊啦！」

「本店提供任意摸到飽服務～您想要什麼樣的玩法呢？」

「任何玩法我都不想要啦！」

這人根本完全玩開了……！不，等等，她該不會真的打算用這種方式待客吧？畢竟她是個變態，倒也不是不可能。

「一条……我總有一天絕對要掐死你……！」

話說布施同學的視線扎得我好痛啊！她大概以為是我逼雪音小姐說出那種臺詞的吧。要是繼續練習下去，我真的會死在她手上。

「……總之！雪音小姐先去對著牆壁唸一百次『歡迎光臨』、『請問幾位』和『我來替您帶位』，沒唸完之前不准回來。」

「一、一百次嗎？要唸那麼多次很辛苦耶……！呼啊呼啊……」

「別討價還價了，快去練習！」

為了避免她正式上場時搞砸，必須事先把正常的待客方式植入她的腦子裡……不過，雪音小姐基本上是負責廚房，應該不會有問題才對。

「那麼最後輪到我了吧。」

愛佳小姐主動上場……唔呃，她也要練習喔……

雖然愛佳小姐是位工作能力十分優秀的祕書，但在家事方面則是完全不行……招呼客人時，大概也會捅出什麼天大的簍子吧……

「怎樣？幹嘛露出『唔呃，她也要練習喔……』的眼神？不必擔心，待客這點小事難不倒我。我好歹也是女僕喔？請相信我吧！」

愛佳小姐一臉自豪地堂堂說道。看來她很有自信嘛。

不過的確也是啦。再怎麼不擅長料理和打掃，普通的待客對她來說根本易如反掌吧。反正就只是替客人帶位、點餐而已，根本不需要任何技術。

再說了，既然她對料理一竅不通，那麼她唯一能做的工作也只剩待客了。如果這點小事都做不好，那才讓人傷腦筋。

「那麼就稍微簡短地練習一下吧。不要犯下奇怪的失誤喔？」

「交給我吧。那麼我要開始嘍。」

愛佳小姐開始往我走過來。

「歡迎光臨。請問只有一位嗎？」

「啊，是的，我一個人。」

「好的，那麼請坐這裡。」

「好，謝謝。」

「這是菜單。決定好要點餐時，再麻煩您叫我。」

「啊，那麼請給我一杯熱咖啡吧。」

「熱咖啡嗎？好的，請您稍候一下。」

愛佳小姐輕輕點頭致意後，便轉身離去。

噢噢……比我想像中更加得心應手嘛。

確實如她所說，待客這點小事難不倒她。總覺得讓人超放心的。

更讓人意外的是，愛佳小姐動作無比俐落地倒好咖啡後，再放到托盤上，接著端到我的桌子——但就在此時！

「啊！失態了！」

果不其然地摔了個大跤，手上的熱咖啡淋得我滿身都是。

「好燙啊啊啊啊啊啊啊啊啊！」

痛痛痛痛！燙得我好痛啊！由於實在太燙了，我不由得從椅子上跌落地面。

「愛佳學姊，妳沒事吧？」

布施同學快步跑到跌倒的愛佳小姐身旁關心她。喂，不對吧，應該先關心我吧！

「天真學弟！快用這個冰敷身體！」

雪音小姐將毛巾用冷水沾溼後，冰敷在我被熱咖啡潑到的地方。太好了，幸虧她也在場……

「真是無妄之災呢，天真學弟……是說愛佳真難得會犯下這種失誤。」

不，反而應該說是必然的結果。這才是真正的愛佳小姐。

「那、那是因為……」

為了掩飾自己迷糊的一面，愛佳小姐拚命地尋找藉口。接著她脫口而出的是——

「我聽說女僕都是這麼做的……天真大人說的。」

「等等，怪我喔！」

這人居然說謊不打草稿地抓我當替死鬼！

「啊～原來如此，迷糊女僕的感覺對吧！」

雪音小姐！不要認同她的說法啦！

「噁心死了……你真的很變態耶！」

至於布施同學則是一如既往地向我投來彷彿盯著害蟲看的眼神。

……總之，我決定當天還是請愛佳小姐使用送餐用的推車。

※

結束待客練習後，我們一行人回到學生會辦，著手張羅開店準備。

先排好桌椅，再鋪上桌巾、擺上人造花，營造出風雅氛圍。另外再以花球裝飾室內，並在入口處擺放畫有可愛插圖的黑板。眼看會辦變得愈來愈有校慶的氣氛，情緒也跟著更加激昂起來。

「好！接著來做圈圈彩帶吧！還得把菜單放到桌子上——」

「哈哈哈，天真學弟真有幹勁呢！」

過程中，雪音小姐過來向我搭話。我記得她剛才好像一直和幫忙製作角色扮演咖啡廳當天穿著服裝的服裝社社員通電話吧。

「啊，雪音小姐。服裝方面準備得如何？」

「嗯，沒有問題。雖然時間上有點緊迫，但明天一早一定會送過來給我們。」

「是嗎，那就好。」

如果沒有服裝，角色扮演咖啡廳可就開不成了。總之這下可以稍微放心了。

接著，雪音小姐目不轉睛地打探我的臉。

「總覺得天真學弟看起來比之前更加神采奕奕呢？」

「咦……？」

「雖然你之前說對校慶沒有興趣，但現在的你卻顯得十分樂在其中。剛才練習待客時，你也是很積極地參與。」

「啊，沒有啦……那是因為……」

這麼說來……被雪音小姐點醒後，我便開始積極地參與校慶準備……

被她當面赤裸裸地指出來，總覺得莫名地羞恥。

「怎麼說……這種事偶爾為之也不錯啦……」

「對吧！校慶果然很有趣吧！」

我小聲回答後，雪音小姐朝我綻開一抹燦爛的微笑。

「天真學弟也能明白這一點，真是太好了～！校慶真的是很棒的活動吧！」

「這個嘛……確實是不錯……」

主動帶頭進行校慶準備，並且引頸期盼校慶當天的來臨，這些對我來說都是有生以來的初次體驗。投入準備工作的過程中，不知不覺間也感染了校慶的氛圍。

「好！那麼一起來裝飾會辦吧！接下來要製作圈圈彩帶對吧？」

「啊，是的。話說材料的紙放到哪兒去了……？」

我環顧一下四周，並沒有看到類似的物品。

「啊，該不會根本沒買吧……」

愛佳小姐和雪音小姐已經事前把大致上會用到的物品都買齊了，大概是當時不小心漏買了吧。

「不然我現在去買回來吧！」

「咦，這怎麼好意思……還是我去買吧？」

「沒關係啦。而且雪音小姐還是留在這裡比較好。」

雖然沒有跟在雪音小姐身邊，難免有點不放心，但又不能無謂地增加她的工作。再說了，反正愛佳小姐也在會辦，應該不會有問題才對。

「那麼……不好意思，就麻煩你了。抱歉喔，害天真學弟得特地跑一趟。」

「不必跟我客氣啦。其他還有什麼東西要買的嗎？我順便買回來。」

「啊，也好，我確認一下喔。」

雪音小姐把可能會不夠的消耗品等列好清單後，寫成一張採買單給我。

我把採買單收進口袋，準備外出去買東西。

「……啊，對了，差點忘記。」

臨走前，我再次停下腳步。接著我移動原本準備走出會辦的雙腳，來到正在距離我稍遠處工作的布施同學身邊。

「那個，布施同學，可以打擾一下嗎？」

「一、一条同學？」

我才開口叫她，她便立刻露骨地表現出警戒，並和我拉開距離。

「幹嘛？你想侵犯我嗎？」

「才不是！誰會為了哪種事找妳啊！我只是有點事情想問妳！」

還是速戰速決地講完正事離開吧，這同時也是為了布施同學好。免得她又開始失控，我也很麻煩。

「我是想問妳，我們班上目前準備得如何了？」

「班上準備得如何……？你是指校慶嗎？」

「是的。或許現在才說有點晚了……但我也想稍微幫班上做點事。」

布施同學跟我同班，但和我不同的是，她還滿常回班上幫忙的，所以應該很清楚班上狀況才對。

畢竟不曉得班上狀況的話，就算想幫忙也幫不了嘛。

「一条同學……你有什麼企圖？」

「咦……？」

布施同學用著一級警戒的表情瞪著我。

「該不會……你想藉由幫忙班上做準備來賣人情給女同學，再要大家當你的性奴隸作為回報吧？」

「我才沒有那個意思！妳的疑心病到底有多重啊！」

「我絕對不會上你的當！一条同學什麼事都不必做！」

「等等，喂！布施同學！妳要去哪裡？」

布施同學飛也似的快步奔離我身邊。結果還是不知道班上情況如何了……

「沒辦法……總之，晚一點來幫忙做點飾品吧……」

之前曾聽月乃說過班上要販售飾品……去找她借點道具，我也稍微來做點商品吧。

心底如此決定之後，這次我毫不猶豫地離開學校去採買用品。

※

「我看看……該買的應該都買齊了吧……」

我確認雪音小姐交給我的採買單……嗯，看起來是沒問題了。

不愧是這一帶最大間的商場，從食材到雜貨，都能在這裡一次買齊。接下來還得趕回學校幫忙大家一起作業。

「嗯……？」

我正要走向出口時，身前的自動門打了開來。接著進到店裡的人……是我再熟悉不過的女孩。

「月乃……？」

「咦？天真……！」

兩人一對上眼，不約而同地互喊彼此的名字。

「你、你怎麼會在這裡？」

「我幫學生會出來買東西……月乃呢？」

「我是來買班上要用的東西……」

也是啦，這個時間會來這裡，唯一可能的就只有跑腿了……

只是這下尷尬了。最近她對我的態度總是非常冷淡，像這樣不期而遇，實在有點讓人不知所措。

不過從其他角度來想，或許反而正好。

我一直很想找月乃談談。不妨好好把握這個機會，也許可以套出她躲避我的理由。另外也能順便問問關於性癖的情報。

「啊……月乃，妳要買東西嗎？我陪妳吧。」

「咦……？」

絕對不能錯過這個好機會，我邊說邊走向月乃。

「既然月乃是替班上來跑腿的，那我也不能置身度外，畢竟我也是班上的一分子嘛。平常我都是以學生會的工作為優先，沒怎麼幫忙班上的事，至少這種時候也讓我出一份力吧。」

反正我這邊都已經買好了——我對她投以一記微笑。

但月乃還是不為所動。

「不必了。買東西這點小事，我一個人就可以了。」

「可是東西應該很重吧？我可以全部幫妳提喔。」

「就說了不必你雞婆啦。你快點回學校吧，你不是都買好了？」

「啊，是啊。不過，還是讓我——」

「真是夠了，你很煩耶！我不是跟你說了，我一個人就可以！拜託你別管我啦！」

「啊，月乃！」

月乃二話不說便快步跑開；我也反射性地追了上去。

「不要跟著我啦！你這個變態！」

「妳沒資格說我吧！是說妳不要一直跑啦！」

既然如此，我就算是賭氣，也一定要跟月乃說到話！我已經受不了一直被她躲避了！至少也讓我知道理由吧！

「差勁，下流！來人啊！這裡有個色狼！」

「喂，笨蛋！不要把人講得那麼難聽啦！」

月乃喊著子烏虛有的指控，同時一味地往前衝。她直接穿過家具和家電區，從後方的樓梯爬上二樓。接著又穿過服飾賣場，走向店面的最內側區域。

……喂，等等，我記得那區是——

「唔，月乃！拜託妳先停下來一下！」

「你是傻了嗎？笨蛋才會停下來！」

「不是啦！我這麼說都是為妳好啊！」

然而月乃完全聽不進我的話，依舊往店面的最內側走去。

前方映入眼簾的是從頭頂上垂掛而下的大紅色暖簾。暖簾的另一端存在著一處刻意與其他賣場區隔開來的祕密區域。

「月乃，別過去！那裡頭是——」

儘管我大聲叫住她，卻還是晚了一步。月乃毫不猶豫地鑽過暖簾，逃進了那處祕密區域。

接著下一秒！

「——唔！」

一踏進那個區域內，月乃便猛然停下腳步。她想必已經發現裡頭究竟是什麼樣的賣場了吧。

「喂，月乃！妳沒事吧？」

我跟在她後面，進到門簾另一端。

這處賣場內，放眼四周盡是一片粉紅色的光景。有保險套、潤滑液等特定行為會使用到的道具，也有所謂的電摩和震動按摩棒之類價格稍高的成人玩具。此外，四處擺放的小型播放器畫面中，都是男女激烈交纏的影片。「啊嗯啊嗯！哈啊啊啊嗯！」的尖銳嬌喘響徹於狹窄的賣場內。

座落在店面的角落，十八歲以下禁止進入的狹窄賣場——情趣商品區。

「這、這……天真，這是……」

月乃的身體微微顫抖。接著，她轉過身面向我，一臉春心蕩漾地小聲低喃：

「啊哈嗯……好想做色色的事喔……」

「妳還真的很好猜耶！」

果不其然，身處在這片粉紅色泡泡的世界之中，使得月乃陷入發情狀態。她捉住我的手，將我一把拉向她。而後，我的手順著月乃的引領，移向她的胸部——

「唔啊啊！」

我在緊要關頭縮回手。她剛才是打算逼我摸她的胸部吧！

「吶，天真……我們也來做吧？來做和螢幕上播放的AV一樣的事嘛？」

月乃略顯低啞的甜膩嗓音，夾雜著AV女優從播放器傳來的嬌喘聲，使得我的腦袋一陣天旋地轉。

「別、別鬧啦，笨蛋！妳冷靜一點！怎麼可能在這種地方做啦！」

「咦？可是所謂的情趣用品區，就是不管想做什麼色色的事都可以的三不管地帶吧？當然做愛也沒問題啦？」

「最好是啦！那是什麼破天荒的嶄新闡釋啊？」

「放心吧……只要兩人情投意合，場所根本不重要……呼哈呼哈……」

喂，給我等一下，這可不是鬧著玩的！

這裡是店面，某處肯定裝有監視器之類的才對。萬一月乃就這樣失控，店員一定會立刻衝過來！

「嗯啊啊嗯……！愈來愈亢奮了……！」

大概是因為翻湧而上的性慾已經瀕臨忍耐極限了，只見月乃雙頰泛紅，露出恍惚蕩漾的表情。

「我絕對會挑起你的慾火……讓你主動在這裡侵犯我……」

如此說道的月乃，開始解開制服鈕釦，對我露出裡頭的胸罩。

「天真也好好看著我的裸體，忘情地興奮起來吧……」

WAIT！WAI————T！

這裡是店面啊啊啊啊啊！是公共場所耶耶耶耶耶！

「唔哇啊啊啊啊啊啊！住手！拜託別鬧了，笨蛋！快點恢復理智啊啊啊啊！」

「嗯嗯……！我不行了……只是脫掉衣服，感覺就快高潮了……！」

不管我再怎麼吶喊，月乃依舊無意停下手邊的動作。再繼續這樣下去，她就要脫掉身上的襯衫了。

想想也是啦！身處在這片粉紅色泡泡的世界之中，怎麼可能抑制得住發情。

不能再拖下去了……事到如今，已經顧不了那麼多了！

「抱歉，月乃！跟著我跑起來吧！」

「咦——呀啊啊！」

我捉住月乃的手腕，硬拖著她離開十八禁的成人用品區。

之後，我馬力全開地拉著她奔出超市，尋找不會有人踏足的地方。

※

將月乃帶離十八禁情趣區後。

我好不容易才總算喚醒她的理智。而我現在則是坐在附近一座公園的長椅上休息……當然了，月乃也和我在一起。

「謝……謝謝你……多虧有你幫我……」

「不會……反正我已經習慣了……」

此時的月乃雖然不至於又要躲開我，但或許是因為感到尷尬與羞恥吧，她始終不肯與我對上視線。態度果然還是一慣地冷淡。

「我、我說……月乃啊……」

我在心底抱定決意後，毅然開口詢問一直讓我很在意的事。

「總覺得……妳最近有點怪怪的耶？」

當我說完的瞬間，月乃身體明顯震顫了一下。

「……哪有，我和平常一樣呀。」

「不，怎麼想都不尋常吧？妳很明顯就在躲著我，而且態度未免也太過冷淡。自從蜜月旅行回來後，妳對我的態度就明顯變了。」

「…………」

月乃不發一語，於是我又繼續控訴：

「喂……為什麼突然開始躲著我？我是不是哪裡得罪妳了？如果背後有什麼原因，請妳直接跟我說，不要躲著我。」

「……就說了我沒有躲著你呀。」

「少騙人了！因為妳明明就——」

「我不是說了，我沒有躲著你嗎！」

月乃大聲喊道，硬生生打斷我的話。她現在是打算抵死不承認就對了……！

「……我要走了。還得幫班上買東西。」

「啊，喂！等一下！」

月乃站起身，準備離開公園。

要是現在讓月乃逃走，可就沒機會與她好好談話了。

不過，繼續追問下去，也只會演變成互不相讓的意氣之爭……此時還是先換個話題留住月乃，之後再設法套她的話吧！

「那、那個！反正來都來了，要不要就在這裡玩一下再走？」

完全豁出去的我已經不管什麼話題都好了，總之就把臨時能想到的藉口說出來。

「啥……？在這裡……公園嗎？」

「對、對呀！這裡有很多遊樂器材嘛！看起來都挺有趣的！」

「你是腦子壞了嗎？要玩你自己去玩！」

果不其然，月乃拋下我轉身就走。也是啦，這個提議連我自己都覺得太瞎了。

「別那麼說嘛！我以前常會來這座公園玩，當時有位住在附近的小女孩也會和我一起玩喔。那時候真的很快樂，相信月乃一定也能重拾童心——」

「……咦？」

月乃停下腳步回頭望向我。咦……？她突然這是怎麼了……？

「你剛才的話……是真的嗎？你說你以前常來這裡玩……」

「啊，怎麼說呢……大概是我五歲左右的事了。有個女孩幾乎天天和我玩在一起。這麼說來，我記得之前也曾經跟妳提過吧，以前有個感情很好的女孩。」

「嗯、嗯……是有聽你說過……」

「我當時就是在這座公園和那個女孩一起玩。補習班下課後我都會繞來這裡，兩人總有玩不玩的遊戲。有時是扮演英雄，有時則是一起玩家家酒。我直到現在都還記憶猶新呢……」

總覺得說著說著，不由得真心懷念起來。雖然已經想不起來那個女孩的名字，但應該就住在這附近吧？希望她過得一切安好。

「怎……怎麼可能……居然是……」

我忽然注意到月乃的樣子變得不太對勁。她瞪大一雙橫長杏眼，目不轉睛地凝視我的臉。

「月乃……？妳怎麼了？怎麼露出那種表情？我說了什麼讓妳在意的話嗎？」

「沒、沒有……！沒什麼！」

月乃像是要掩飾失態似的大吼。接著——

「我要回去商場了！該買的東西根本都還沒買！」

「啊，喂！月乃！」

她冷不防地拔腿就跑，往商場的方向奔去。

「她、她是怎麼了啊……？那麼突然……」

我一頭霧水地愣在原地。

※

逃也似的離開公園，準備返回商場的路上。

由於受到的衝擊過大，我的思考有如陀螺一般不停打轉。

——怎、怎麼會……天真居然也和我有著同樣的回憶……！

天真過去曾和一位連名字都不知道的女孩一起玩。

而我也和他一樣，以前常會和一名男孩和樂融融地玩在一起。

不僅如此，我第一次遇見那個男孩，以及之後兩人時常一起玩的地方……正是剛才那座公園。

『包在我身上！當妳需要幫忙時，我永遠都會在！』

初次相遇時，那名男孩對我說的那番話，我至今依然可以鮮明地回想起來。

當時我被附近的壞孩子欺負。那時候跳出來幫助我的正是那名男孩，這也是我們兩人初次相遇發生的事情。之後，這場邂逅便成為我初戀的回憶……

「沒想到……天真居然是當時的……？」

以前聽天真聊到那名女孩的事時，記得他是說因為那女孩搬家了，所以之後再也沒有見過面。而我的記憶當中，確實曾在五歲時因為父母工作的關係而搬家。雖然之後又再搬回這座城鎮……

這下……全都對上了？

「不，怎麼可能會有那麼巧的事！」

我拚命否定內心浮現的情感。

沒錯，那是不可能的。再說了，那座公園也有許多的遊樂設施，只要是住在這附近的孩子，就當然都會跑來玩嘛。因為父母的關係而搬家，也不是什麼稀奇的事。

而且縱使真的就是他，我也不能對天真抱有任何特別的感情。

因為……

「如果我喜歡上天真……就等於是背叛了花鈴……！」

總而言之，這一切只是巧合罷了！說到底，我打從一開始就對天真沒有半點好感！

事到如今不管發生什麼事，我也不可能喜歡上他！

彷彿像是要掩飾狂跳不已的心臟律動一般，我拚盡全力地全速狂奔。

※

校慶的準備工作大致上都處理完成後，差不多已經是最後離校時間的底限了。

四周天色已然全黑，我和雪音小姐也總算能踏上歸途了。然而不可思議的是，我並不怎麼覺得累。

「天真學弟，明天就是校慶了呢。」

「是啊，希望會有很多訪客來玩。」

我想這大概是因為明天就是引頸期盼的校慶，內心澎湃的激昂情緒讓我忘了疲憊吧。在至今為止的校慶當中，我從來不曾有過這種體驗。

「還好嗎？會不會緊張？要不要我抱抱你，療癒你一下呢？」

「不用了。我並不會緊張。」

「咦～？不必跟我客氣喔～讓我成為天真學弟的奴隸，無微不至地服侍你吧！」

「請不要在大馬路上說出奇怪的單字啦！」

我和雪音小姐一邊聊著糟糕的內容，一邊走過靜謐的住宅區。

不久我們抵達家門口，拿出鑰匙打開門走進屋內。

「歡迎回來！姊姊、學長！」

一進門，就看到花鈴站在面前。她是特地站在這裡等我們回來的嗎？

「哎呀？怎麼了，花鈴，有什麼事嗎？」

「啊，有事是有事……但不是要找姊姊，而是要找學長……」

花鈴打探似的瞥了我一眼。是怎樣……？她有話要對我說嗎？

「那、那個！貼真學長！」

「對、對不起！ＴＥＮＧＡ學長！」

這傢伙沒事吧？吃了個大螺絲喔。

「就說了不要那樣叫我啦！」

而且當下雪音小姐也在場耶！

「啊嗚，我又吃螺絲了！天真學長！」

總覺得她似乎完全亂了方寸。這樣的花鈴還真是少見耶。

「妳是怎麼了？那麼慌張無措……」

「其、其實……我是想拜託學長一件事……」

拜託我……？又是「為了畫出色情漫畫，請陪我進行暴露PLAY吧！」之類的請託嗎？怎麼辦？該怎麼拒絕她？

正當我陷入苦思時，花鈴卻說出了八竿子打不著邊的話。

「明、明、明天的校慶……能不能陪花鈴一起逛攤呢？」

「咦……？」

她想拜託我的事情……就只是這樣嗎？還想說她幹嘛那麼正經八百，原來只是想約我去玩喔。

「什麼嘛……原來是這種請託啊……」

「那、那個！可不可以嘛？學長願意陪花鈴一起玩嗎？」

花鈴用著一副出奇執拗的態度，催促我做出回覆。

這個嘛——只是這點小事的話，我當然也很想答應她……

「呃……抱歉，我想應該沒辦法……」

「咦咦咦咦咦！為、為什麼？」

唔哇！花鈴突然一臉快要哭出來似的表情！

「該不會學長已經約了其他人？那個人是誰？」

「不是啦！明天我也得到學生會的攤位幫忙，一整天都沒空啦。所以到時可能沒時間去逛攤。

「怎、怎麼這樣……」

花鈴明顯流露出深深的失望。總覺得自己好像做了什麼壞事似的……

「你就不必擔心攤位的事了。」

雪音小姐忽然插話道。

「學生會的攤位是咖啡廳，雖然中午時段會大客滿，但其他時間都還忙得過來。」

「姊、姊姊……也就是說……」

「嗯，只要趕在人潮變多之前回來，你們去逛一兩個小時也沒關係喔～」

雪音小姐一邊說一邊豎起大姆指。

「太好了～！謝謝姊姊！」

「呃，可是……學生會人手本來就很少了，這樣會增加雪音小姐的負擔吧……」

「放心，沒問題的。我希望天真學弟和花鈴都能盡情地享受校慶嘛！」

雪音小姐滿臉笑容地替我們設想。接著，花鈴猛然逼近到我眼前。

「那麼，天真學長！你願意和花鈴一起逛攤嗎……？」

「啊，呃……那個……嗯……」

雖然很想答應她，但又實在不能不去協助雪音小姐……

「拜託嘛，天真學長！對花鈴來說，這種約會行程也是新娘修行的一環呀！」

「新娘修行……？校慶嗎？」

「畢竟得好好累積和男性一起出遊的經驗才行嘛！不然以後和未來的丈夫約會時，很可能會因為太緊張而失敗！」

她說得確實有道理……

如果花鈴是基於這個理由而想加強修行，我說什麼也不能拒絕。畢竟陪她進行新娘修行，正是我的重要職責。

再說，既然攤位很閒，雪音小姐應該就不至於會因為忙過頭而大玩起被虐狂行為。

「我明白了。在攤位還沒客滿前的這段時間，我就陪妳練習約會吧！」

「真、真的嗎！」

花鈴的表情頓時一亮。

「謝謝你，天真學長！好期待明天的到來喔！」

之後，她一邊大喊：「耶耶耶耶耶耶耶耶！太好了啊啊啊啊啊！」一邊跑回房間。

她的興致也未免高昂過頭。

該不會暗地裡又想盤算著什麼變態ＰＬＡＹ吧？明天姑且還是提防一下吧……

「好！那麼今天也要大展廚藝，替大家準備晚餐嘍～！」

雪音小姐不知什麼時候已經走向廚房，今天同樣率先動手做起家事。

※

「呼……總算完成今天的進度了……」

我闔上題庫本，結束今天訂好的讀書進度。我接著站起身，伸展一下筋骨。

雖然說明天就是校慶，但也不能只顧著玩樂而疏於用功。唯有這種時候也能孜孜不倦的人，才能在考試和找工作時贏得勝利。

「好了……那麼差不多該開始了。」

現在時間是半夜十二點。原本應該是念完書，準備上床睡覺的時間。

不過，今天還有一件非做不可的工作等著我。那就是製作飾品。

事到如今，要說到自己能替班上分擔什麼工作的話，就只有加緊趕工製作飾品了。

幸好月乃手邊的材料有多，所以我就拿來用了。

——而且，我還有另外一個想做的東西。

為了開始作業，我走出房間，準備前往一樓的客廳。

但在途中，我注意到雪音小姐的房間。

「嗯……？」

門縫透出亮光。她該不會……還醒著吧？

禁不住好奇，我敲了敲門。隨即從裡頭傳來一聲「來了～」的回應，之後就看到雪音小姐開門走出來。她穿著一套非常可愛的連帽睡衣。

「啊，天真學弟！你還沒睡呀～有什麼事嗎？」

「不，這句話是我要問的才對。妳在做什麼？」

「這個嘛……剛才就和平常一樣在用功念書，現在則是在處理學生會的工作。」

學生會的工作？校慶相關的工作不是在學校時就已經都完成了嗎……？

「其實是因為忙著準備校慶，結果平時的業務全都擱著沒做～比如說回覆意見表之類的。」

「啊……」

我望向雪音小姐的書桌，上頭攤放著好幾張十分眼熟的意見表。

這麼說來，我也只有在進入學生會的第一天，有處理到這件工作。

差點都忘了……正常來說的話，平時的業務也應該和校慶工作同時進行才對……

仔細一看，雪音小姐的雙眼掛著淡淡的黑眼圈。難道她每天晚上都一個人悄悄處理我們沒做完的工作嗎……

頓時，一道恨不得當場向她下跪的濤天罪惡感，一口氣據滿胸口。

與此同時，我內心浮現一道相當程度的疑問。

「雪音小姐……妳為什麼要如此拚命工作呢？」

「咦？」

我忍不住向她提出疑問。

「學生會的工作，妳總是搶在眾人之前盡心盡力地完成；在家裡也是料理、洗衣和打掃等工作，幾乎所有家事都由妳一手包辦吧？雪音小姐明明也一樣有很多事要忙，甚至可以說是眾人當中最忙碌的才對。」

由於最近一直跟在雪音小姐身邊，我非常清楚大家有多麼依賴身為學生會長的她。

正因為如此，她手上的工作量應該多到難以數計才對。然而，她也絕對不會因此而草草了事。

「確認意見表的工作，交給其他人去做不就好了嗎？雖然完全忘了這回事的我沒有資格講話；但如果可以請人幫忙分擔，妳也會輕鬆許多吧——」

「你真是多此一問呢，天真學弟。」

雪音小姐打斷我的話。

她筆直地凝望我的臉，用深情款款的聲音說：

「因為忙碌時……感覺特別興奮嘛！」

「妳果然是為了這個嗎！」

這人究竟是怎麼回事？這人究竟是哪裡有病？

真是夠了，虧我還那麼認真地問她！想想也是啦！她本來就是個會因為忙碌而發情的人嘛！都是為了滿足被虐慾望，才會故意讓自己忙到昏天暗地！

原本還以為她之所以會這麼努力，或許是有什麼深刻的理由，我真是個笨蛋！

「嗯～不過……真要說的話，還有另一個理由。」

「咦……？」

當我因為雪音小姐的回覆而傻眼不已時，她又接著開口說：

「大概是因為我想全力回應眾人對我的期待吧。」

「期待……？」

「雖然有點自賣自誇，但我知道自己相當受到眾人的期待。不管是在家身為神宮寺家的長女，還是在學校身為學生會長。我是妹妹們口中的『姊姊』，她們總是依賴著我；而對學校的學生們而言，我是『會長』和『雪音學姊』，是大家的仰慕對象。你也知道嘛，小圓不是也非常喜歡我嗎？其實呀，我真的非常高興喔……」

要是能像雪音小姐一樣受到周遭眾人的喜愛，那當然會很令人開心。

「而且，天真學弟之前也對我說過吧？學校的學生們都認為我是『溫柔、純潔無瑕且備受憬仰的姊姊』。」

聽她這麼一說，之前的確是說過這些話……

「不過，我本身並不是什麼了不起的人物。就如同天真學弟所知的，我是個被虐狂變態，根本不是大家所想像的完美又清純的女孩。我其實欺騙了大家，只是靠著偽裝的形象博取眾人的喜愛罷了。我有時候，還會因此而深深感到歉疚。」

說欺騙實在太過言重了……不過她擁有不為人知的另一面，這點的確是事實。

不過啦，其實愛佳小姐早就知道這個祕密了，只是雪音小姐本人還不知道而已。

「所以，至少在眾人面前的時候，我必須當個出色的『姊姊』，必須要是出色的『學生會長』才行。扮演眾人所期待的『神宮寺雪音』，是欺騙了大家的我，唯一可以做的補償。」

「…………」

「我想自己就是為此才會這麼努力吧……啊哈哈，總覺得好害羞喔。」

「不會……才沒那回事。」

什麼嘛……她果然也從自己的角度想了很多吧……

雪音小姐並不是單純為了滿足性癖，而故意讓自己忙得不可開交。她比任何人都更加認真地省視自我、更加誠摯地體貼身旁的人們，所以她才會這麼努力吧。

老實說，雪音小姐變態性癖以外的另一面，讓我有點驚訝。她遠比我一開始所想像的更加認真而誠實。

「……雪音小姐，我可以進去妳房間嗎？」

「咦？」

「我也一起幫忙吧！讓我分擔妳的工作。」

既然知道她在工作，當然不可能就這麼轉身離去。

「可是，天真學弟不是還有其他事要做嗎……？」

「之後再做也沒關係。而且，反正兩件事都是為了雪音小姐。」

「咦……？為了我……？」

「啊，沒什麼……！總之，我也想幫忙！再說了，如果妳又因為忙碌而發情，我也很傷腦筋！」

我一個跨步走進房裡，開口的話裡蘊藏著堅定的決心。

「就算被妳拒絕，我也會幫忙的。我們一起動手解決工作吧！」

「嗯、嗯……！那就麻煩你了！」

之後我們兩人和樂融融地埋首於學生會的工作。

第四章 變態大集合的校慶

漫長的黑夜過去，引頸期盼的校慶當天終於來臨。

「各位老師、同學們早安。我是學生會長神宮寺雪音。今天的天氣非常晴朗，是個舉辦校慶的好日子——」

開幕典禮中，身為學生會長的雪音小姐站在講臺上致詞。

我一邊揉揉眼睛、拚了命地忍住哈欠，一邊聽著她的演說。

「呼……昨天果然是累壞了……」

昨天和雪音小姐一起工作完後，又接著製作飾品，幾乎整夜沒睡。不過等校慶正式開始後，這點睡意應該就會立刻煙消雲散。

畢竟這次的校慶中，我可是有著角色扮演咖啡廳店員的重要任務啊。

「請各位盡全力享受今天的活動！那麼，青林祭正式開始！」

雪音小姐在致詞的最後如此宣布，會場頓時歡聲雷動。

※

角色扮演咖啡廳「Paradise Time」，這是我們學生會推出的攤位名稱。

我為了不想搞砸招牌，生平第一次穿上執事服站到咖啡廳入口。

「天真學弟！我們換好衣服嘍！」

從會辦裡傳出雪音小姐的聲音。

沒錯，她們正在裡頭換上各自的服裝。呼喚聲方落，雪音小姐隨即便打開學生會的——不，是打開「Paradise Time」的門。

「噢噢……」

我不由自主地發出感嘆。

站在裡頭的是三名身穿角色扮演服的女孩。

「嘿嘿嘿～你覺得如何，天真學弟？我們看起來會不會很怪？」

雪音小姐有些羞怯地問我。她扮演的是狗狗。

她的頭上戴著狗耳朵，尾股上的尾巴不停隨著她的動作擺晃。胸前穿著以毛皮包覆住的毛茸茸小可愛內衣，下半身則是超短迷你裙，可說是界於犯規邊緣的打扮。外頭姑且還是有罩上一件同樣以毛皮包覆住的小外套，只是長度非常短，而且前襟還大大敞開，暴露度相當高。可愛的肚臍眼完全曝露在我的視線之中。

「這、這身打扮……會不會有點太猥瑣了……？」

愛佳小姐滿臉通紅，怯生生地試圖擋住自己的身體。她扮演的是兔女郎。

她的頭上長出一對細長的兔耳朵，身上穿著一件類似韻律服、將身體曲線展露無遺的黑色服裝。屁股上還裝著像是兔尾巴的毛茸茸小圓球，下半身先是穿了黑色絲襪打底，接著再套上一層網襪。這副裝扮鉅細靡遺地強調出愛佳小姐纖瘦的身體曲線，以及意外傲人的胸部和屁股，看上去非常煽情。

「為什麼非得讓天真同學看到這身打扮啊……！」

最後則是布施同學的旗袍打扮。

有如長大衣一般的長版服裝，側邊高衩則是一路開到露出腰際的高度，樣式十分大膽。雖然和另外兩人相比，暴露程度絕對不算高，但開衩處春光外露的雪白大腿顯得格外耀眼。要不是她現在正惡狠狠地瞪著我，我大概會本能地心跳加速吧。

話說回來，再次仔細打量三人，完成度真的相當高呢——

「天真學弟？你怎麼一直不說話？」

「咦……？啊，沒什麼……！」

糟糕，忍不住看呆了。不管是雪音小姐、愛佳小姐還是布施同學，原本就長得很可愛的女孩子，角色扮演起來實在太危險了。

「啊，該不會是看呆了吧？哇～！天真學弟好可愛～！」

雪音小姐將我摟進懷裡，大力地搓揉我的頭。

「謝謝你喔～天真學弟。你讓我們信心大增呢！」

「喂！不要這樣啦，雪音學姊！」

她還是老樣子，動不動就一把抱住我！至少也看看地方吧，要抱在家裡抱就好！

「喂！不要隨便黏著我的會長啦！」

布施同學說完便介入我們之間。

不，反了吧？剛才很明顯是雪音小姐主動抱住我耶。

「雪音會長、愛佳學姊！妳們一定要特別小心喔？因為妳們兩人太可愛了，這傢伙打算湊近妳們身邊大聞妳們的體香！還想偷摸妳們的屁股喔！」

我才不會咧。連想都沒想過啦。

「那、那個……天真大人……」

「咦？」

愛佳小姐用著顫抖的聲音開口說：

「如果你敢聞我們的味道，或是偷摸屁股，我一定會稟報肇大人喔……！」

「不，我才不會那麼做！不要連妳也提防我啦！」

看來她同樣因為太過害羞，而變得不太對勁。只見她滿臉通紅，淚眼汪汪地以雙手遮住身體。

「哈哈哈，不必擔心啦，小圓。天真學弟不是那種人。再說，小圓比我還要更加可愛呢～」

「才、才沒那回事！雪音會長才是最最最最可愛的！害我都忍不住想把妳帶回家！呼……呼……」

喂，怎麼想都是妳比較危險吧！而且看妳都已經興奮過頭，開始粗喘起來了喔。

「小圓，今天就讓我們一起努力做好廚房的工作吧！」

「是、是！我會全力以赴的！」

布施同學緊握雙拳地回答雪音小姐。

「啊，可是……我沒有這方面的工作經驗……很可能會捅很多婁子……」

「別擔心、別擔心。一切交給我吧！基本上我會全部包辦，小圓只要單純地享受校慶就好～」

「真的嗎？謝謝會長！會長實在太可靠了！」

布施同學一臉感激涕零地撲向雪音小姐。

唔～嗯……這實在讓人有點不安……

倘若布施同學凡事太過依賴雪音小姐，很可能會對她造成龐大的負擔。尤其布施同學又那麼崇拜雪音小姐，每每遇到困難或感到迷惘時，一定都會第一時間去找雪音小姐討救兵吧。

就連我們也是，有時在不知不覺間，打著學生會日常業務的名義，將工作負擔推到雪音小姐身上。萬一她因為忙過頭而在料理時發情，那可就頭痛了。為了保險起見，最好還是先叮嚀一句比較好。

「我說布施同學啊……妳不要太勞煩雪音學姊……」

「什……！一条同學才沒資格說我！」

我才說完，布施同學立刻氣得跳腳。

「一条同學才是會長的煩惱根源吧！居然強迫會長從事那種變態行為……！下次再讓我發現，我一定會報告老師或警察！」

「拜託饒了我吧！」

布施同學對我使出意料之外的反擊。

可以的話，我很想明確聲明自己才不是變態；但為了隱瞞雪音小姐的性癖，我又不能那麼做。取而代之，我唯一能做的就是先一味地道歉。

「拜託妳，別再提起那時候的事了。我在這裡鄭重賠罪！」

「陪睡？你沒頭沒腦地說什麼噁心宣言啊？這人果然是性騷擾狂！」

「跟妳真的是有理說不通耶！」

結果還是沒能好好提醒布施同學。

就在吵吵鬧鬧之間，開店的時間到來了。

※

上午十點。

完成最後準備後，「Paradise Time」正式開始營業。

然而——

「愛佳小姐……都沒客人上門耶……」

「就是啊……真是遺憾……」

負責前場的我和愛佳小姐，深深嘆了口氣。開店至今已經過了約十五分鐘，到現在都還沒有半個客人。

「不過這也難怪啦。大家都是想休息時才會來咖啡廳，所以十二點過後，才會開始忙碌起來。」

雪音小姐好像也說過同樣的話。記得她曾說過，中午之前都還忙得過來。不過沒想到居然閒到這種地步，還真有點傻眼耶……

當我這麼想而鬆懈下來的瞬間，突然有人朝氣蓬勃地開門進來。

今天的第一位客人！我誠心誠意地正要開口打招呼之際——

「雪音姊！我來玩嘍！」

「雪姊～我來參觀攤位了～」

出現的是熟到不能再熟的女孩們，月乃和花鈴兩個人。

「喔，妳們兩人有什麼事嗎？是來逛攤的嗎？」

「沒錯！因為很好奇姊姊的攤位呀！月乃姊雖然嘴上說討厭角色扮演咖啡廳，卻自己主動約我來喔～」

「不、不要多嘴啦。既然家人也有參加，當然應該過來看一下嘛。」

月乃有些尷尬地說。

「總之兩人就慢慢坐吧。妳們也看到了，現在整間店超空的。」

「哼……不用你說，我本來就是這麼打算。」

月乃還是一如往常地冷淡，露骨地撇開頭。

反而是花鈴非常積極地纏過來。

「話說回來，學長！你那身打扮是怎麼回事？還有愛佳學姊也是！」

花鈴一看到我們的服裝，立刻有如機關槍似的接連發問。

「兩個人都很適合喔！天真學長好帥，愛佳學姊也是性感又可愛！」

我自己是不覺得有多適合啦……不過，就算只是客套話，聽了還是很高興。

「性、性感又可愛……？那、那是誇獎嗎……？」

另一方面，愛佳小姐則是泫然欲泣地用雙手遮擋身體。

「當然嘍！這身服裝真的非常適合愛佳學姊喔！」

「那、那個……請不要一直盯著我看！」

大概是因為被人目不轉睛地盯著看，實在太難為情了吧，愛佳小姐逃進以隔板圍起來的廚房裡。

愛佳小姐前腳才剛逃走，雪音小姐和布施小姐後腳便跟著走出來。

「月乃、花鈴！妳們來啦！謝謝妳們！」

「哇～！雪姊的角色扮演好可愛喔！狗狗耳朵真適合妳！」

「真的嗎？太好了～！好開心喔～！」

「啊，月乃！歡迎光臨～！」

「圓～！原來妳剛才在後場呀？妳和雪姊一起負責廚房嗎？」

「嗯！不嫌棄的話，吃點東西再走吧！我會努力展現手藝的！」

女孩們七嘴八舌地聊了開來。

是說月乃和布施同學感情真好。不過畢竟同班嘛，倒也沒什麼好意外的。

只是當下這個狀況，我一個男人待在這裡顯得好孤單……假如至少能來個男客人，或許就能替我稍微排解一點格格不入的窘迫感。但這個時間，果然不會有人來吧。

我邊這麼想，邊轉頭望向出入口。

就在此時，時機巧得就好像是刻意算準時間似的，門再度被打了開來。

得救了……！這下就能擺脫孤立感了！

一想到這裡，我立刻精神抖擻地開口招呼——

「歡迎光咦咦咦咦咦咦咦！」

——我話說到一半便轉為驚呼。

「啊～！哥哥！原來你在這裡——！」

織月乃她們之後的第二組客人，正是我的妹妹葵。

她身上穿了一件很可愛的粉紅色T恤，搖曳著迷你裙，一路往我奔來。

「葵、葵！妳怎麼會在這裡？」

「媽媽跟我說今天是你們學校的校慶，感覺好像很好玩，所以就過來看看了。是說哥哥今天會在哪裡做什麼，拜託也事前跟我說一下吧！害我傻傻地找遍整間學校！」

葵碎碎唸地抱怨著，不等我帶位便逕自在椅子端正地坐下，然後她目不轉睛地盯著我看。

「那身打扮是怎樣？執事？為什麼要特地穿上那種衣服？」

「呃，這個嘛……因為這裡是角色扮演咖啡廳嘛……」

「什麼鬼？說是角色扮演，但根本一點也不適合你！你是白痴嗎？」

葵嘴上這麼說，手裡卻拿著手機對著我連拍。啪嚓啪嚓啪嚓啪嚓啪嚓啪嚓啪嚓啪嚓啪嚓啪嚓啪嚓啪嚓啪嚓的快門聲接連響起。

「喂喂喂，妳是要拍多久啦，葵！而且我們禁止拍照攝影喔！」

「我、我又不是自己想拍才拍的！只是想說好心替哥哥拍照留念一下！如果不需要，我立刻刪掉就是了！」

葵操作起手機，將拍到的照片全部收藏進「喜愛資料夾」中。

喂，妳的言行從剛剛開始就完全不一致喔。算了……反正說不開心是假的。

「「「…………」」」

「嗯？」

我察覺到視線，於是回過頭。

這才發現店裡所有人的目光全集中在我和葵身上。

「吶，天真……那孩子該不會是……」

月乃看著葵問道。

我什麼都還來不及回答，花鈴就已經跑到我們身邊。

「哇～！小葵，好久沒聯絡了～！」

「啊，是花鈴姊姊耶！花鈴姊姊——！」

一看到花鈴，小葵也跟著站了起來。

大概是因為之前視訊時很聊得來吧，兩人今天明明才第一次實際碰面，卻熟稔得甚至彼此相擁。

「真想不到居然會在這裡遇見妳！花鈴一直很期待可以實際和妳見面喔！」

「我也是！其實我今天過來的另一個目的，就是為了來見花鈴姊姊！」

兩人手牽著手，興高采烈地不停轉圈圈。喂，這是漫畫嗎？生平第一次親眼看到有人這麼做。

之後葵接著向剛才和花鈴待在一起的月乃她們開口說：

「妳們就是神宮寺姊妹吧？我是一条葵，請多多指教！」

葵出聲打招呼，同時點頭致意。

雪音和月乃看著她的舉動……

「「好……好可愛……！」」

兩人不約而同被萌到差點陣亡。

「咦……？那女孩是一条同學的妹妹嗎？長得和哥哥一點也不像，超可愛的……」

「天真大人居然有那麼可愛的妹妹……！」

站在稍遠處的布施同學和愛佳小姐，同樣對葵很感興趣。葵還真是受歡迎啊，不管去到哪裡都是人見人愛。

哎，畢竟是世界第一的妹妹嘛，這也難怪了。

「哇～！雪音姊姊的衣服好可愛喔～！我也好想玩角色扮演！」

「不嫌棄的話，下次借妳穿吧？我會準備好各種服裝，下次來家裡找我玩吧？」

「真的嗎？太好了～！謝謝妳！」

「那我親手製作飾品送妳吧！有沒有特別想要的東西？」

「啊！那麼可以送我可愛的戒指嗎……？」

「當然沒問題！包在我身上！我會做個超可愛的送妳！」

「耶～！謝謝！我最喜歡大家了——！」

葵同樣很快地就和雪音小姐、月乃打成一片，和樂融融地聊起來。

喂喂喂，葵……妳明明就能那麼坦率地對月乃她們說出「最喜歡了——！」……那平常也跟我說一下嘛。對我更坦率一點嘛。

而且大家一個一個地開始討好起葵。雖然葵長得一臉無害，該不會其實是個小惡魔吧？未來交了男朋友之後，出去吃飯什麼的，大概會全部讓對方買單吧。不，我絕對不會同意她交男朋友！

「是說葵呀，差不多可以點餐了吧？妳想吃什麼？還是只想點飲料？」

「我想想喔……不然就柳橙汁和鬆餅！哥哥快點端上來吧！」

「是是是，請稍等一下——雪音小姐，麻煩妳烤一份鬆餅。」

我在點餐單上記下餐點內容，同時拜託負責廚房的雪音小姐。

「了解！我這就去替妳烤一份超級美味的鬆餅喲～！」

「啊！我也一起幫忙！」

雪音小姐和布施同學一起走進廚房；我則開始準備柳橙汁。

「那麼，小姐們也請點餐吧。」

「謝謝妳，愛佳小姐。那麼我要綜合果汁和鬆餅。」

「花鈴也一樣！」

月乃她們這時候才終於坐下來，向愛佳小姐點餐。

不過……真沒想到葵會來耶。完全出乎預料。突然被家人看到自己工作的模樣，意外地非常緊張呢。

「讓您久等了，這是您點的柳橙汁。」

我姑且還是以店員的角度接待葵。

「嗯！無妨！」

說完，可愛的妹妹大人便大口大口地喝起我準備的柳橙汁。之後，她一臉得意地彈了一下指頭。

「去叫你們主廚過來！哥哥！」

「呃，果汁不關主廚的事耶。」

這不過就是把市售的商品倒進杯子裡罷了。她根本只是想喊喊看而已吧？

又再過了一會兒後，傳來雪音小姐她們的聲音。

「天真學弟～！一份鬆餅好了～！」

「好的，我這就過去端！」

我從雪音小姐手上接過剛烤好的鬆餅。鬆鬆軟軟的餅皮上，裝飾著鮮奶油和堅果粒，接著再淋上滿滿的楓糖漿。

我將鬆餅端到葵的桌上。

「讓您久等了。這是您點的鬆餅。」

「唔噢噢噢噢噢噢噢！」

葵一看到鬆餅的瞬間，立刻綻開更勝豔陽的燦爛笑容望向我。

「好、好厲害！我真的可以吃掉嗎？」

「當然了，這畢竟是妳點的嘛。要是妳不吃，我們反而才傷腦筋。」

「耶～！謝謝！我要開動了！」

葵喜出望外地拿起叉子，切了一大塊鬆餅送進嘴裡，接著一臉幸福地咀嚼起來——

「好～好～吃～喔～！」

她露出十分可愛的表情，幸福得彷彿像要融化了一般。

不妙……我的妹妹好可愛。

葵的表情可愛到不能再可愛了！可惡，我好想立刻抱緊處理！光是能夠看到她這個表情，校慶的一切努力就都有了意義！

應該把她現在的這個表情連拍下來才對。奇怪……我把手機收到哪兒去了……

「喏，也分哥哥吃一口吧！啊～」

正當我忙著摸索口袋時，葵叉起一塊鬆餅遞向我。

「咦……？給我的嗎……？」

「嗯！很好吃喔，哥哥也吃一口看看？」

「呃，我不用了。昨天試味道時已經吃過了。」

「有什麼關係！快點張開嘴巴！」

葵一定要餵我吃，硬是將鬆餅湊近到我嘴邊。喂，住手啊！痛痛痛！叉子都戳到嘴巴了！

「知、知道了！我吃就是了！」

我無可奈何地張開嘴，接受葵的鬆餅餵食。

和昨天試吃的時候一樣，鬆軟的餅皮和恰到好處的甜度，讓味蕾完全得到滿足。

「啊～！哥哥的嘴角沾到鮮奶油了！」

還不都要怪妳硬是要餵我吃。

「真拿你沒辦法耶～！過來，我替你擦乾淨！」

「咦？啊，麻煩妳了……」

「真是的！哥哥老是那麼邋遢！得注意一點才行啦！」

葵拿起乾淨的溼毛巾靠近我的嘴角。不同於說話的口氣，她擦拭的手勁非常溫柔。

「好了，擦掉了。不要老是給我找麻煩嘛！」

「嗯……謝謝妳。」

「對了，吃完甜食後，嘴巴一定會渴吧？真沒辦法，我的果汁分你喝吧！」

「呃，喔。不好意思喔……」

我確實是有點渴，而且即使拒絕了，她一定又會硬逼我喝吧。於是我決定稍微喝一點。柳橙的酸味中和了口腔裡的甜味，留下清爽的風味。

「來，喝完後，要再擦一下嘴巴才行。快點把臉靠過來！」

葵再次溫柔地用溼毛巾替我擦嘴。雖然氣呼呼的，但臉上不知為何掛滿了笑容。

「真是的，哥哥就是那麼讓人費心！有個妹控的哥哥，還真是辛苦呀！」

不，說反了吧？妳明明才是兄控吧？一般的妹妹是不會做到這個地步的喔？

這麼說著的同時，葵沒一會兒工夫便吃完了鬆餅。接著再把剩下的果汁喝光，神采奕奕地雙手合十表達「謝謝款待」。

「呼～！真的好好吃喔！不過，要不要再來點些其他餐點呢……」

「啥？妳還要吃喔？」

「當然呀！難得都來了，當然要玩得盡興嘛！目標是吃遍所有餐點！」

等等，妳說所有餐點……儘管校慶攤位的餐點種類本來就不會太多，但全部吃下來分量還是不少耶……？

「哥哥！快把下一道餐點端上來！我想吃綜合水果聖代！」

「真是的……到時吃壞肚子，我可不管喔！」

拿葵沒轍的我，只能在點菜單上抄下她的點餐內容，接著再次向雪音小姐轉達。

「不好意思，葵要再追加一份綜合水果聖代。」

「好的～！了解！我會努力製作的～！」

她笑容滿面地爽快回答。

「啊，對了！天真學弟！」

「咦？什麼事？」

「現在攤位裡的客人就只有葵、月乃和花鈴而已吧？你要不要趁這個時候，和花鈴一起去約會呢？」

這麼說來，我的確答應過花鈴，校慶時要跟她一起逛攤……

「可是時間還沒到吧……」

原本我計劃先在這裡幫忙一個小時，到時如果不缺人手，再暫時離開一下，和花鈴一起去玩。

「沒關係、沒關係。去年也是這樣，十二點以前幾乎都沒什麼客人。要去就趁現在去比較好喲？」

「嗯……可是，這樣一來，前場就只剩一個人了……」

讓愛佳小姐一個人顧前場，我實在不太放心。萬一她又在奇怪的地方失誤，到時可沒人能替她救場。我邊這麼思考，邊望向愛佳小姐。

「請您不用擔心。另外還準備了送餐的推車，因此不可能會失敗。而且我也已經習慣這身打扮……」

的確，那種情況下，要失敗反而還比較困難……

「而且，萬一真的忙不過來時，我也會毫不客氣地立刻呼叫您。如果您不接電話，我就透過校內廣播找您，明白了嗎？」

總覺得她不只是說說而已，而是真的會絲毫不以為意地付諸實行。

「我明白了……那麼我就暫時離開一下。」

我向她們行了一個禮後，接著走向花鈴。她正在享用愛佳小姐送過去的鬆餅。

「呃……花鈴，可以打擾一下嗎？」

「啊，學長，什麼事？」

花鈴回過頭，一臉天真無邪地望著我。

總覺得……一旦要正式開口邀約，突然有種不知名的緊張感……

「接下來，那個……要不要去約會？」

「咦……！」

花鈴頓時睜大雙眼，看上去十分惹人憐愛。她靜止了幾秒後——

「要、要！我要去！我現在馬上就把鬆餅吃完！」

她以驚人的氣勢狼吞虎嚥剩餘的鬆餅。

「喂，天真……要是你敢對花鈴做出奇怪的事，我可饒不了你！」

「我什麼事也不會做啦！只是很平常地一起去玩罷了！」

和花鈴坐在一起的月乃，以質疑的眼神看著我。

「哥哥……不可以對花鈴姊姊做出奇怪的事喔？」

「啊，葵！不要連妳也說同樣的話啦！」

被葵這麼說，殺傷力更加強大耶！我就這麼不值得信任嗎？

「啊嗯啊嗯……咕嚕！我吃飽了！學長，我們去約會吧！」

「妳也吃太快了吧！是說別那麼急啦！也不要勾著我的手臂把我拖著走——！」

我就這麼被花鈴架著，和她一起走出了店裡。

※

我們離開攤位後，先來到校舍外頭。

接著兩人和樂融融地走過攤位林立的中庭。

「喂，花鈴……妳差不多可以放開我了吧……」

順道一提，花鈴從剛才開始就一直勾著我的手臂不放。

「因為這是約會練習嘛！身為妻子當然要撒嬌一點才行呀！」

「呃，再怎麼說，在學校裡還是克制一點啦！很多人在看耶！」

「有什麼關係～還是說，學長討厭花鈴黏著你嗎……？」

「呃，也不是討厭啦……」

「太好了～！那就維持這樣吧！」

結果花鈴依舊勾著我的手臂往前走。也是啦，這樣確實才能算得上是練習……只是，這實在太難情了吧。對於還是處男的我來說，難度太高了！

「學長、學長！要不要先吃點東西？難得有這麼多攤位。」

「呃，我說妳啊，不是才剛吃了鬆餅嗎？」

「才吃那麼一點哪會飽啊。而且學長什麼都沒吃吧？」

說得也是。中午還有咖啡廳的工作要忙，老實說我確實是打算趁現在先吃飽。

「那麼……就稍微吃點東西吧。」

「好的！啊，學長！花鈴想吃巧克力香○！」

「發音幹嘛故意發得那麼曖昧！」

香蕉兩字的發音也發準一點啦。會害人想歪耶。

「學長也一起吃吧！你等一下喔，花鈴這就去買！」

「啊，喂！別用跑的，慢慢走啦。」

總覺得花鈴的情緒似乎比平時更加亢奮耶？她就那麼喜歡校慶嗎？她確實很像是會喜歡這類活動的人。

之後，花鈴除了買巧克力香蕉，另外也買了炒麵和薯條，並在附近擺放的桌子上把買回的東西一一打開。

「哇～～！菜色果然還是豐富一點更開心吧！」

「兩個人分著吃的話，這些分量應該吃得完吧……」

她還真的買了不少耶。不管是葵還是花鈴，女孩子似乎意外地貪心。

「那麼就快點開動吧！嗯……」

花鈴雙手合十說完後，便立刻享用起巧克力香蕉。她一下伸出舌頭舔舐外層的巧克力，一下將整根香蕉含進嘴巴裡。

「嗯嗯……舔舔……哈唔……啾嚕……」

這傢伙……吃相也太色情了……

不，那大概只是很尋常的吃法吧。看著這一幕會想入非非的人才奇怪。

因為花鈴老是動不動就做出變態行為，儘管只是一點小事，都會害我過度解讀。我這樣根本沒資格批評布施同學嘛！

「怎麼了嗎？天真學長。」

「啊，沒有……什麼事也沒有。」

不行。不能因為這種事而動搖。平常心、平常心……

「嘿嘿嘿……學長，學～長～」

等我回過神時，原本坐在我對面的花鈴，突然移到我身邊來。

「學長，可以坐你旁邊嗎？」

「居然還問我可不可以……要問也應該是在坐過來之前問吧。」

「真愛計較耶。有什麼關係嘛～」

花鈴邊說邊撒嬌地靠在我的肩膀上。宜人的髮香輕柔地撩過我的鼻腔。

「吶，學長。你對花鈴有什麼感覺？」

「咦……？」

她沒頭沒腦地問這幹嘛？

「什麼感覺……怎麼說呢，至少算是很重要的人吧。」

「咦～！那種答案不行啦～！這時候應該回答很喜歡才對！」

唔——花鈴氣嘟嘟地鼓漲雙頰。

「我們可是夫妻耶？怎麼可以不喜歡妻子呢？」

「說是夫妻……終究也只是假想而已——」

「不管是不是假想，夫妻就是夫妻！必須兩情相悅才行！」

總覺得花鈴莫名地糾結這一點。她是怎麼了？今天的她似乎比平時更加咄咄逼人。是因為她非常積極地想練習約會嗎？

「另外，既然是約會練習，應該還有很多事情要做吧？學長也要好好協助我喔。」

說著，花鈴舉起單手伸向我。這是……要牽手的意思嗎？

我望向她的臉，只見她的雙瞳閃爍著期待的耀眼光輝。

「我、我知道了啦……喏……」

「太好了——！謝謝學長！」

我伸出手，花鈴立刻緊緊地握住我；強力但不至於覺得痛的力道。

「學長的手好大、好溫暖喔～」

花鈴綻開滿面笑容，那表情幸福得好像真的很喜歡我。不，雖然知道是不可能啦。

「我握我握我握握握。我握我握我握握握。」

小小的手掌反覆握緊、鬆開地把玩弄著我的手。別鬧了。不要把別人的手當成玩具把玩啦。

「學長、學長。如果是戀人的話，這種時候就會互相傾訴情話吧？」

這人居然冷不防地丟出爆炸性發言。

「情、情話……？」

「比如說喜歡啦、最喜歡了，或是我愛你之類的！所以了，拜託你，學長！拜託你說一次就好！」

「啥？我嗎？」

「這也是新娘修行的一環嘛！是非常重要的練習呀！為了避免將來喜歡的人這麼對我說時，我不會當場方寸大亂，所以必須提早習慣才行！」

唔……她這種說法根本讓人無法拒絕……儘管羞恥得要命，只能硬著頭皮說了……

「我、我明白了……我喜……喜、喜歡妳……」

「呀啊啊——————————————☆」

花鈴的情緒瞬間高漲到幾乎超越極限，當場又蹦又跳起來。

呃，她到底是哪根筋不對啊？

「太棒了，學長！真是太美妙了！這是獲益良多的修行喲！」

「啊，是喔……那真是太好了……」

「那麼最後來做點更像戀人的事吧！因為是新娘修行嘛！這也是學長的工作吧？」

「我、我知道了！知道了啦！」

花鈴綻開無與倫比的燦爛笑容，強勢地逼近我。

礙於她的那股氣勢，我只能愣愣地點頭。

※

完全被情緒超嗨的花鈴震懾住的我，吃完在攤位買的食物後——

在花鈴的提議下，兩人決定一起去逛逛各個班級的企畫。

「學長、學長！快點過來！我們去一年二班的教室！」

「知道了、知道了，妳冷靜一點！不要那麼急，我跟妳走就是了！」

花鈴握住我的手，用力地拉著我跑。她真的非常興奮耶。

「是說那一班是推出什企畫？展示嗎？」

「嘿嘿嘿～你自己看了就知道。喏！」

說完，花鈴伸手指了指前方的一年二班。我當下不由得停下腳步。

「咦……？」

花鈴手指的教室正散發出邪惡的氛圍。

那間教室的門緊閉著，窗戶玻璃也被黑色布簾封住，因此完全看不到裡頭的情況。

相對地，他們在外觀上下了許多工夫。

門和外牆四處蓋滿了血紅手印，還貼上破破爛爛的符令。此外還裝飾著很明顯只要對上眼就會被詛咒的陰森圖畫等，更加觸發人們的恐懼心理。

一年二班推出的攤位正是校慶少不了的鬼屋。

而且是……真的很不妙、真心想把人嚇破膽的那種。

「學長……？你怎麼突然停下來了？」

「我、我哪有？我才沒有咧。是說那邊的教室看起來也很有趣耶～！是玩棒球九宮格嗎～」

「喂，學長！不是那邊啦！花鈴的目的是要去二班才對！」

「啊～原來如此。好好好，這邊是吧。話說回來，這一班是辦什麼啊？好像掛著黑色布簾耶？」

「呃，那個……就是鬼屋呀？正常人看一眼就會知道吧……？」

花鈴一臉狐疑地看著我，接著十分委婉地問我：

「那個，學長……你該不會害怕鬼屋吧……？」

「啥？笨蛋，妳在胡說什麼。難不成，妳認為我是在害怕嗎？」

「呃……不是嗎？」

「才不是咧。不要隨便誤會啦。這樣不是顯得我很丟臉嗎？」

「真的嗎……？我是覺得沒什麼好丟臉的……」

不，當然會覺得丟臉。主要是我都已經高中了，居然還會害怕鬼屋，這要我自己怎麼承認！

「是說花鈴才是，妳都不會怕嗎？我還以為妳應該會很怕鬼耶。如果妳不敢進去，還是別勉強比較好。呃，我是完全沒問題喔？是為了花鈴著想才這麼說的。我完全沒問題喔？」

不，不行不行不行不行。我對這類的東西完全不行啊！花鈴，拜託妳快點說妳會害怕吧！

「這個嘛～雖然絕對不能算是拿手啦，不過——」

花鈴鬆開交握的手，改為抱住我的手臂，同時綻開一抹幾乎令人眩目的笑容說：

「反正有學長保護我嘛！」

「喔、喔喔……」

花鈴將臉貼在我的肩膀上，以臉頰輕輕蹭了蹭。

喂，這是怎樣？居然一臉百分之百信任我的表情。那打從心底由衷漾開的笑容，讓人超級難以拒絕的啊！

「不好意思！我們兩個人要玩！」

「好的，請進……一路好走……」

「呃……！」

就在我大感頭痛的時候，花鈴居然趁機擅自向幽靈打扮的接待女學生報名。接著在女學生的引導下，我不得已被迫走進教室。

「嘿嘿嘿，好期待喔，天真學長♪」

「……唔！」

我嚥下一口口水，伸手推開門，只見裡頭黑漆漆一片。雖然有用夜光膠帶標出前進方向來指路；但除此以外，什麼也看不見。另外，大概是使用了小型電風扇之類的吧，不知從何處一直吹來陣陣惱人的陰風，同時還播放著誘發人們內心恐懼的音樂。

「好厲害喔……水準比我想像中更高耶。這下很值得期待喲……」

「是、是是是嗎？這點程度很普通呀？」

「那個，學長……？你沒事吧？你好像抖得很嚴重耶？」

「啥？我完全沒事呀？我才沒有發抖咧！真要說的話，也是因為興奮而顫抖啦。」

事到如今，已經無法開口說要回頭了！根本不敢坦言自己其實害怕到了極點！

「是嗎……？那麼我們快走吧！」

她加重力道環抱住我的手臂，緊緊貼在我身上。之後，我就在被她拉著跑的狀態下，慎重地往前邁開步伐。

當我們緩緩地前進了約莫十步左右時——

突然有一盞小型照明燈照亮了眼前的視野。就在距離幾公分的前方，正吊著一顆假人頭。

「呀啊——！」

「砰哇啊啊啊啊啊啊啊啊啊啊啊啊啊啊啊！」

這是什麼這是什麼這是什麼這是什麼！好可怕好可怕好可怕好可怕好可怕好

可怕好可怕————！

好嚇人，這太嚇人了！我因為驚嚇過度而發出奇怪的聲音！發出了幾乎蓋過花鈴尖叫聲的淒厲慘叫！

「學、學長？剛才那是什麼聲音？有如爆炸聲一般的尖叫——呀唔！」

我不假思索，反射性地一把拉著花鈴逃進位於右邊的通道。

就在那一瞬間，從通道深處傳來呻吟聲。

『唔~~~~~啊啊~~~~~！』

扮演殭屍的學手雙手伸向前方，朝我們走來。

「NOOOOOOOO————！HELP！HELP　ME————！」

「學、學長！應該要走那一邊才對喔！」

經花鈴提醒，我連忙轉換方向，往據推測可能是正確路線的左側通道移動。

此時——

「呀哈哈哈哈！哈哈哈哈！哈哈哈哈哈哈哈哈！」

冷不防地響起一陣令人發毛的女性笑聲。

「呶呀————！要被咒殺了啊————！」

「等一下，學長！不要突然拉我啦————！」

我和花鈴兩個人以百米衝刺穿過通道，女性的笑聲隨之戛然而止。

這、這真的很不妙……比我想像中更可怕……！

「那、那個……學長……你果然很怕鬼吧……？」

看到我驚慌失措的模樣，花鈴再次委婉地問我。

「不、不不不不會呀……？世、世界上哪裡有什麼鬼怪？要要要要用科學的角度來思考……！」

「你根本整個人都在發抖耶！學長絕對很害怕鬼屋吧！」

「オオオオオ不是害怕！這點程度，我輕輕鬆鬆就能走完！」

不，我騙人的。完全不行。而且這絕對是會嚇死人的那種吧！水準高到搞不好會有真的鬼混在假的鬼裡出來湊熱鬧！這很難想像只是校慶耶！

「沒想到學長居然會怕鬼……原本的確是打算在這裡讓你感受心跳加速的感覺啦，但看你抖成這樣，根本就沒意義嘛……難得的吊橋效果大作戰耶……」

花鈴碎碎唸著莫名其妙的話。

吊橋效果不就是那個什麼來著……？明明有聽過，卻想不起來。因為過於恐懼，現在根本無暇思考……

「既然如此……就改用色色路線讓你心跳加速吧！學長，請做好覺悟喔！」

「咦……？」

花鈴意志堅定地說道。接著便傳來窸窣的摩擦聲，簡直就像花鈴正在我身邊脫掉襯衫和裙子似的……

「呵呵！學長，感覺得到嗎？」

花鈴輕快出聲。之後，她丟出了非常不得了的發言：

「在黑暗中應該看不見花鈴吧？不過花鈴現在可是一身非常色情的打扮喔！」

——話一說完，隨即有個「不明物」從天花板掉下來。

「唔……！」

我反射性地撿起掉落的物體。定睛一看……是被分屍的假人手腳。

「唔哇啊啊啊啊啊啊啊啊啊啊啊啊啊————！」

不行了！這我真的不行！屍塊！分屍案啊——！

驚嚇過度的我一屁股跌坐在地上。

「學長！你沒事吧？是說你有聽到花鈴的話嗎？花鈴現在只穿著內衣褲喔……」

「啊啊啊啊啊……啊啊啊啊啊……」

「這人也太沒用了！居然因為太過害怕，完全沒注意到花鈴的裸體！」

哇啊啊啊啊啊啊啊……！哇啊啊啊啊啊啊啊……！我受夠了……我什麼都不管了……

「喂喂，學長！快點站起來！還有快對著花鈴興奮吧！好好想像花鈴現在是什麼打扮，好好感到興奮吧！」

「嗚嗚嗚嗚……咦……？我怎麼站不起來……？」

「居然還腿軟了！你一個大男生的，也太膽小了吧！」

花鈴拉著我的手，竭盡全力把我從地上拉起來。

「真是的！這下根本不是實行作戰的時候……既然如此，只好儘快離開鬼屋了！花鈴扶著你走吧！」

「我我我我我我我我一點也不害怕喔！反而覺得好笑咧！咕哇哈哈哈！」

「你就不要再逞強了！你怕鬼的事早就露餡了啦！」

大概是因為我實在抖得太厲害吧，完全就被花鈴看穿了。

「原本花鈴還期望學長可以救我……真是拿你沒辦法耶！」

花鈴一邊抱怨一邊牽起我的手，並且率先走在前頭帶領我走向出口。真的是太對不起她了……不過我實在太過害怕，只能萬事拜託花鈴了。

「話說回來，學長！花鈴現在只穿著內衣褲喔？如何？有沒有心跳加速呢？」

「呀啊——！那邊又出現殭屍大軍了——！」

「學長你有在聽我說話嗎！既然如此，乾脆連內衣也脫掉好了！這樣你一定就會感到興奮了吧？」

「唔哇啊啊啊啊啊！這邊有渾身是血的假人啊———！」

「咕唔～！我明明都脫了，居然還是被無視～～！最近這種情況也太多了～！」

花鈴拉著我在有如迷宮般的鬼屋裡前進。

「為什麼花鈴得穿著一條內褲拯救學長啦！」

儘管聽見了花鈴的危險發言，但當下的我已經害怕到無力吐槽。

所幸逼死人的恐懼終究會迎來盡頭。只見通道的前方總算出現了光明。

「快點！快點讓我離開這裡啊啊啊啊！」

「呼啊……呼啊……累死我了……結果根本沒達成目的……」

我害怕得放聲尖叫，而花鈴則是一副氣喘吁吁、精疲力竭的模樣。

——就在此時，我們身後傳來一陣聲音。

『我受夠這裡了———！好想趕快出去啊———！』

『喂，等一下！別跑啊！不要丟下我啦！』

聲音的主人應該是一對學生情侶。大概是驚嚇過度了吧，只見兩人朝著出口直衝而來。也就是——往我和花鈴所在的地方衝過來。

「咦，不會吧……！糟糕！花鈴現在可是近乎全裸耶……！」

在我身邊的是剛才把衣服脫掉的花鈴。雖然四周很暗，但如果與他們撞個正著，還是有可能會被發現。

這下——可不是害怕的時候啊啊啊啊！

「唔哇啊啊啊啊啊啊啊啊！花鈴不妙啊啊啊啊————！」

就在千鈞一髮之際，我緊緊抱住花鈴的身體，把她藏了起來。

「咦？學、學長！」

「唔噢噢噢噢噢！不要亂動喔喔喔喔！」

我順勢帶著花鈴一起移動至牆邊，把裸體示人的花鈴夾在我和牆壁之間。

『這裡太誇張了！未免也太可怕了吧！早知道就不要來了！』

『就叫妳等等我啦！我也和妳一樣快嚇死了耶！』

不久後，情侶的聲音和腳步聲從我們身邊經過，並逐漸遠去。

「呼啊……呼啊……！妳沒事吧，花鈴？」

我擔心地問道。之後——

「嗚嗚……！現在這樣才更不妙啦……！」

花鈴用著幾乎快要沒入空氣中的聲音開口說。

而後兩人離開鬼屋時，花鈴的臉上泛起淺淺的紅暈。

※

在花鈴的大力相助下，成功逃出鬼屋後——

我們找了間空教室休息，順便討論接下來的行程。

「學長、學長！最後要不要去看看舞臺企畫？」

「舞臺企劃……？」

相對於因為恐懼而累到虛脫的我，花鈴依舊生龍活虎。

「沒錯！體育館那裡一整天都有各式各樣的表演！像是話劇社的舞臺劇和服裝秀企畫之類的！順便一提，現在的話……好像正在舉辦校花選美！」

校花選美嗎……老實說，我沒什麼興趣……

不過現在姑且正在和花鈴約會。只要她能玩得開心，除了陪她一起去，我也別無選擇。就時間上來說，等看完校花選美後，也差不多該回去工作了。

「我知道了……那就去看看吧。」

「耶～！花鈴超期待校花選美的！」

於是我們決定在約會的最後，一起前往體育館。

※

『本屆校花選美的優勝者是——神宮寺月乃同學——！』

一進到體育館的瞬間，便聽見擔任司儀的少女大聲宣布。

只見頭上戴著可愛皇冠的月乃，一臉困惑地站在舞臺上。

「呃，她在做什麼啊——！」

『唔噢噢噢噢噢噢噢噢噢噢！』在現場觀眾群聲沸騰之間，我忍不住大喊。

「姊、姊姊……原來她在這裡啊……」

「為、為什麼月乃會參加校花選美……她看起來明明就對這種活動不感興趣……」

而且居然還不小心獲得優勝……

『月乃——！恭喜妳——！』

『請看一下這邊——！』

『揮揮手吧！拜託跟我揮揮手——！』

是說她的人氣真不是蓋的耶。周圍的觀眾不分男女，都爭相為月乃喝采。她果然很受歡迎吧……

「姊姊大概是被朋友硬拱上臺的吧。以前也發生過類似的事。」

「啊～原來如此……還真是難為她了……」

即使如此還是能獲得優勝，可見月乃果真不是泛泛之輩。

重新仔細端詳月乃，她確實長得非常可愛。舞臺上還有其他好幾名應該也是參加校花選美的女孩與她一起排排站好，但月乃可說是豔壓群芳。

「是說這下要做什麼？校花選美結束了喔……」

「這個嘛……姊姊也有參加的話，害我又更想看了……但既然都結束了也沒辦法，最後隨便選個班級的攤位進去逛吧——」

正當兩人討論起接下來的行程時。

站在月乃身邊的司儀女孩丟出了讓人無法當作沒聽到的發言：

『那麼緊接著就來舉辦校草大會吧——！』

「校草大會……？也就是男生版的選美大會吧？」

「哦～居然也有舉辦那種活動啊～」

『至於大家最關心的優勝獎品就是！和青林校花月乃同學的校慶約會權！』

『唔噢噢噢噢噢噢噢噢噢噢噢噢噢噢噢噢噢噢噢！』

「什麼！」

那位司儀剛才好像投下了非常不得了的震撼彈耶？優勝者可以和月乃約會？

居然要月乃和不認識的男生約會一整天……那樣一來，月乃很可能會對那傢伙發情，甚至襲擊他！到時月乃的性癖就會曝光了！

不，更重要的是……被襲擊的男生會淪為她好色行為的受害者啊！

突然被月乃強行施加性對待，那名男學生一定會嚇到吧。冷不防地遭到襲擊、玷汙，心靈絕對會嚴重受創吧。不僅如此，還有可能會被榨乾，精盡人亡！一旦被月乃盯上，就得面對隨之而來的重重危機！

我猛然看向月乃，她同樣因為司儀的話而臉色鐵青。她似乎也很害怕自己會發情。

然而，司儀完全沒發現月乃的異狀，接著煽動觀眾：

『順道一提，想要現場報名參加也ＯＫ！各位男同學們！請踴躍參加吧——！』

「真、真的假的！那我也要參加！」「等一下！優勝的絕對是我啦！可以和月乃約會，再順勢成為真正的情侶！」「喂，白痴，你們還是醒醒吧！邊緣魯蛇是不可能有勝算的！」「啊！我也要參加——！」

衝著豪華獎品上鉤的觀眾迅速將氣氛炒到最高潮。其中還有部分學生開始往舞臺移動，想賭賭看自己的狗屎運。

一群蠢蛋！完全不知道月乃的危險性……！是說為什麼連女生都來湊熱鬧啊？

「呃、啊、唔……怎、怎麼辦……」

只見月乃滿臉困惑但又無法逃跑，只能慌張無措地環顧四周。

這下實在無法袖手旁觀。身為了解她性癖的知情者，說什麼也得守住她的祕密。更重要的是，必須拯救無辜男生脫離月乃的魔手！

「抱歉，花鈴……答應好的約會下次再補給妳。」

「咦，學長？你要去哪裡？」

我向花鈴道歉後，便撥開觀眾群爬上舞臺。

「咦……？天、天真！」

月乃一看到我，原本困惑的神情混雜了驚訝。

我朝她點了點頭，接著向主持人宣告：

「我也要參加！」

※

『請各位看過來！青林校草大會即將開始！究竟誰才是本校最帥的男學生呢！』

當主持人喊話炒熱場子時，臺下的觀眾也跟著鼓譟起來。

之後我真的站上舞臺，參加了校草大會。

呃，我當然也是千百個不願意呀。以我的個性，根本不會參加這種鬼大會。但又不能放任月乃和其他男生約會。所以我說什麼也必須取得優勝，把和月乃約會的權利搶到手。

順道一提，最後大會的參賽者包含我在內共有七個人。當然除了我以外，全部都是帥哥。

啊，不妙，這下輸定了。

憑我怎麼可能會有勝算！因為這可是校草大會耶！是選出全學園最優質男生的比賽耶！想也知道獲勝的一定是帥哥！像我這種貨色，再怎麼努力也贏不了啦！

…………一般都會這麼想吧？

的確，要比外表的帥氣度，我根本連其他六個人的腳毛都比不上。

不過，我當然是另有妙計——可以在這場校草大會中勝出的妙計！能夠力排眾型男，登上青林校草寶座的妙計！

『那麼開始初步審查，首先是最單純的外表審查！請各位觀眾現在拿起你的手機連結至「青林學園校花&校草大會」！把神聖的一票投給臺上排排站的這七人當中，你覺得最帥的那個男生！你的一票將決定青林的校草！』

唔哇，第一關就是外表審查嗎！這種審查要是票數太少會很丟臉耶。

『好了！結果很快就出爐了！統計結果將投映在舞臺後方的螢幕上！』

我回頭一看，身後掛著巨大的螢幕。上頭依序列出每個人的姓名與票數。

——加藤靖人，六十二票。

『噢噢噢噢噢噢噢噢噢噢噢噢！』

這個票數引來觀眾的呼聲。從現場的學生人數來看，這個票數應該很不錯。

之後每當其他五個人的姓名和票數顯示出來時，觀眾們都會做出類似的反應。真不愧個個都是帥哥，票數相當分散。

最後出現的是我的名字。

——一条天真，一票（最後一名）。

『哇哈哈哈哈哈哈哈哈哈！』

太奇怪了吧……？為什麼只有輪到我時，會引發哄堂大笑？根本丟臉丟到家了。

「一条那傢伙超可憐的w他到底哪來的勇氣參加啊w」

「是說他是誰啊？感覺就是個邊緣魯蛇嘛～w」

而且觀眾們更口無遮攔地對著我瘋狂補刀。

喂，是說我也算是很努力了吧。因為觀眾當中至少還有一個人比起那些帥哥，反而選擇了我耶。雖然不知道是誰，但投票給我的那位好心人士，真的是感激不盡！

『哎呀，比賽才剛開始，馬上就有一名學生處於淘汰邊緣！不過！勝負接下來才要開始！』

即使主持人的發言非常無禮，我還是要不服輸地堅持下去。

『在這之後還有展現男子氣概的體力審查以及測試腦筋能力的機智問答審查在等著各位！唯有所有審查的綜合得分最高的人，才是青林校草的最佳人選——！』

接下來還剩兩項審查嗎……

是說居然從一開始就處於劣勢……才第一關就落後其他參賽者幾十分。老實說，戰局遠比我想像中的更加嚴苛。

這種狀況……究竟有沒有機會反敗為勝呢……？

『那麼，能有幸和青林校花神宮寺月乃一起約會的究竟會是誰呢——？』

主持人的聲音和觀眾的歡呼轟然迴蕩於整座會場。

※

不過，最後獲勝的人是我。

『勝負已分──校草大會的優勝者是跌破眾人眼鏡的一条天真選手──！』

『噓──────────────！』

當主持人高聲宣布後，觀眾們的噓聲瞬間朝我一個人排山倒海而來。

「滾啦，一条！」

「不過就是個邊緣魯蛇，少來搶鋒頭！」

「很礙事耶，混帳！快點退學啦──！」

「吵死了──！反正就是我贏了！少囉哩囉嗦的──！」

面對一發不可收拾的噓聲，我也正面吼了回去。

果然在場的所有觀眾，壓根都沒想過我會獲勝。

唯有我自己相當篤定。打從比賽開始前，我就非常清楚會是這樣的結果。

因為我早就知道這場大賽的審查內容。

由於之前一直在學生會裡工作，對於各個班級推出的攤位以及活動企畫，我多少都有參與一點。我就是在過程中得知選美大會的企畫，並稍微耳聞到審查項目。如果撇開外表審查，我有自信可以在另外兩項審查當中與其他人拉開比數。

而實際上無論體力審查或機智問答審查當中，我也的確狠甩其他人好幾條街穩坐第一。結果完全扳回外表審查的劣勢，獲得了最後的優勝。

不過，還真沒想到打工鍛練的肌肉和讀書培養的知識，會以這種形式派上用場……

「天……天真……」

被選為青林校花的月乃走到我身邊。

『那麼，君臨青林頂點的校花以及校草出爐了──！請大家給予他們兩人盛大的掌聲吧──！』

像是要回應主持人的話似的，現場響起熱烈的掌聲──不，是噓聲。

「唉──！月乃太可憐了！」

「怎麼可以把月乃交給那種傢伙──！」

「從明年起，取消體力和智力審查吧──！」

「啊～夠了，吵死了！我才是最適合月乃的人選啦──！」

我忍無可忍地開口反駁後，噓聲更加轟然震天。啊，看來多說無益，還是直接無視方為上策。

我以噓聲作為掩飾，對身旁的月乃說：

「喲，月乃。真是太好了呢。這下妳的發情癖就不會穿幫了。」

「嗯、嗯……謝謝你……得救了……」

月乃撇開頭，用著細如蚊鳴的聲音說道。

『噢噢！兩位優勝者聊得十分融洽嘛～！立刻討論起約會了嗎？』

不，並不是。拜託別煽風點火了。還有觀眾也別作勢想拿室內鞋扔我啦。

『那麼，兩位決定得如何了呢？現在就要去約會嗎？還是要在這裡當作熱身……接吻一下呢？』

「接、接吻！」

面對突如其來的瞎起鬨，月乃整張臉紅到幾乎快要爆炸。

觀眾的視線也開始挾帶著殺氣。

『不行的話，也可以改成擁抱喔？因為身為主持人的我真的很希望在活動的最後，你們可以撒點狗糧當結尾嘛！』

「別、別、別強人所難了……我——！」

「啊～抱歉，我們要直接去約會了。」

我介入月乃和主持人之間，直接回絕了她的要求，強行結束對話。

『咦～現場稍微放閃一下有什麼關係嘛～』

「不了，我們不來那一套。」

更重要的是，如果在這種地方接吻，發情的月乃可是會顧不得眾目睽睽侵犯我耶。

這種狗糧再怎麼說都太過火了吧。而且觀眾的噓聲實在吵到我快受不了。

我對月乃說了聲「走吧」，之後便走向舞臺側翼。

「天真……」

「已經沒事了，跟我來吧。」

「嗯、嗯……」

月乃平時的強勢不知到哪去了，神情和步伐都充滿惶恐不安。

想必剛才真的非常擔心吧。很可能得和陌生男生約會的壓力，以及自己的性癖有可能因此曝光的壓力。幾乎快被這些壓力壓垮的她，一定不安得要死吧。即使威脅解除之後，她也無法立刻放下心中大石。

這時候……我得當她最可靠的支柱才行。

我扳過月乃的身體讓她面對我，同時直視著她的臉龐。為了讓她放心，我告訴她：

「交給我吧。我會永遠成為妳的助力。」

「唔……！」

不知為什麼，月乃忽然瞪大橫長杏眼。下一瞬間——

月乃緊緊抱住了我。

「…………………………咦？」

我一時還反應不過來究竟發生了什麼事。

只是感覺到有東西往我撲來，接著將我的身體包覆住。

「咦…………？」

月乃纖細得惹人憐愛的手臂用力環住我的身體。

之前對我避之唯恐不及的月乃……為了隱藏發情癖，絕對不會主動接近男生的月乃……現在正熱切地擁抱我。

時間彷彿靜止了一般。

接著，眾人的情緒轟然炸裂。

「唔噢噢噢噢噢噢噢噢噢噢────！」

「太奸詐了，一条────！讓開換我來────！」

「月乃────！不可以抱住那種髒東西啊────！」

或是嫉妒，或是羨慕，又或是絕望的尖叫聲劇烈震蕩於體育館內。

喂喂喂，等一下。太奇怪了、太奇怪了。想尖叫的應該是我才對吧。

現在究竟發生了什麼事？月乃為什麼要抱住我？

是說再這麼下去，很可能又會在眾人面前發情──

「…………啊！」

「唔呃！」

沒多久，月乃倏地放開我。大概是聽見觀眾的哀號而回過神，意識到發情的危險吧。於是趁著還沒像平時一樣開始粗喘之前，她一把推開我，退離我身邊。

「不、不是的……！剛才我只是………腳、腳、腳不小心絆到而已！」

月乃拚命地又是搖頭、又是揮手地解釋。

「啊……原來如此……！是這麼回事呀……！」

簡而言之，就是快要跌倒時，順手抱住我而已吧……什麼嘛……嚇了我一大跳……

不，就算是這樣，問題還是很大。

因為除了我以外的傢伙是不可能接受這種說法的……

『青林校花居然主動熱情擁抱——！這下可以說是配對成功了吧——！』

『呀啊啊啊啊啊——！』

看到月乃的主動攻勢後，會場瞬間哀鴻遍野，有如人間地獄。

『哎呀～是說剛才那一抱還真是激情耶，青林校花的月乃同學？』

「咦？不、不是……剛才那只是……」

『看來妳真的非常喜歡一条同學呢。既然如此，那就只能請你們兩人在此當眾深情一吻了。』

喂，笨蛋！混帳主持人，不要瞎鬧了啦！

「為、為為為什麼會變成那樣！」

『因為很有意思嘛～來吧，兩位快點接吻吧～♪』

『不要啊啊啊啊啊啊啊啊啊啊啊！』

主持人基於好玩的心理，提出超危險的提議；觀眾們則是大聲嘶吼著想要阻止。眾人的聲音重疊在一起，呈現出詭異的喧騰氣氛。

甚至還有部分觀眾衝上臺，竭盡所能地想要拆散我和月乃。

「天、天真……！怎麼辦……？」

面對眼前的詭譎事態，月乃露出一臉不安。不過，我也想問怎麼辦啊！

這種狀況下，究竟該怎麼做才好？要怎麼收拾這個局面才行？

——正當我在心中如此吶喊時……

館內設置的喇叭突然傳出震耳欲聾的廣播。

『呃～學生會的一条天真同學，請立刻到學生會辦來，有急事找你。重覆一次。學生會的一条天真同學，請立刻到學生會辦來——』

這個聲音是……愛佳小姐！

突如其來的廣播澆熄了會場的熱烈盛況。會場拱我們接吻的起鬨聲戛然而止。

如果想趁隙突圍，現在正是時候！

「抱歉啦，各位！有人找我，我得走了！」

「啊，天真！」

看這樣子，就算留下月乃一個人，應該也沒問題才對。

我立刻衝下舞臺，離開了體育館。

※

一邊看著天真離去的背影，一邊回想剛才發生的事。

我……究竟做了什麼……？

就連自己都還搞不清楚狀況時，我緊緊抱住了天真。

雖然只有短短一瞬間，但自己確實用力地環抱住他。

那完全是無意識的舉動。並不是我自己想要抱住天真，所以才實際付諸行動的。

為什麼我會做出那種蠢事呢？而且偏偏還是在眾目睽睽之下……

不……唯有理由非常明顯。

『交給我吧。我會永遠成為妳的助力。』

全是因為天真對我說的這句話。和過去回憶中的那名男孩曾經對我說過的那句話一模一樣。

一聽到那句話，萬千思緒頓時便湧上心頭。封印在自我心靈的枷鎖，有一瞬間解了開來。

我在心底將天真與初戀的那名男孩重疊，同時理解到一件事——

「天真一定是我的真命天子吧」。

※

「月、月乃姊……？」

月乃姊抱住學長的瞬間，我的胸口當場一陣揪緊。

姊姊……為什麼會抱住學長呢？她明明說自己不喜歡學長；她明明說會為我的戀情加油……

還有天真學長也一樣……

明明正在和我約會，為什麼突然跑去參加校草大會？他果然也想要和姊姊約會的權利嗎？比起和我，他更想跟姊姊約會嗎？

「…………唔！」

任由自己的臉愈壓愈低，完全聽不見周圍的聲音。

過了好一段時間，我才知道學長被廣播叫去，早就已經離開體育館了。

※

順利從體育館脫身後，我看了一下手機，發現愛佳小姐打了好幾通電話給我。

沒想到她還真的不惜透過校內廣播找我……多虧如此，真的幫了我大忙……

不過，到底有什麼事呢？為了問清楚詳情，我立刻回撥電話。

『喂？天真大人嗎？』

「是的，不好意思。剛才有點事要忙，所以沒接到電話。」

『我才是感到非常抱歉，硬是把您叫回來。因為遇上了一點麻煩……』

「麻煩……？」

我一問完，就聽到愛佳小姐語氣黯然地回答：

『其實——雪音小姐工作到一半，突然昏倒了……』

「咦……？」

有一瞬間，全世界的聲音彷彿全都消失了。

『從剛剛開始，店裡慢慢地忙了起來，雪音小姐煎鬆餅煎到一半時，突然失去了意識……天真大人？您有在聽嗎？』

「……唔！」

聽有有人呼喚我的名字我才回過神，接著以近乎怒吼的聲音詢問：

「後、後來呢！雪音小姐現在人在哪裡？」

『我已經送她來保健室了。現在正在床上休息——』

「我馬上過去！妳等我一下！」

我粗魯地掛斷電話，急忙奔向保健室。

我穿著一身執事服全力狂奔，完全不理會周遭疑惑的視線，從脫鞋處進入校舍，接著穿過走廊來到位在最角落的保健室。

我用力打開門。

「愛佳小姐！雪音小姐呢？」

「天真大人，請小聲一點。」

愛佳小姐豎起指頭，「噓」的一聲提醒我。之後，她將視線投向房間角落，一張被簾子隔起來的床舖。

「……唔！」

我緩緩拉開簾子，只見裡頭的雪音小姐正睡得一臉香甜。

「保健老師說，大概是因為太過操勞了。稍微休息一下應該就會好了。」

「太過操勞……嗎……」

總而言之，這似乎不是什麼會危及性命的疾病。我不由得鬆了一口氣。

「小姐這陣子果然是工作過度了……我身為副會長，自認為已經有盡力協助她了……看來還是做得不夠。」

愛佳小姐說著，同時一臉遺憾地垂下頭。

之前蜜月旅行時，我就知道她是真的非常為了三姊妹著想。如今看到雪音小姐發生這種事，她想必一定很自責吧。

而我也一樣。

「對不起，愛佳小姐……我明明跟在她身邊……妳明明才剛託付我好好照顧她們三姊妹……」

「別那麼說，這不是天真大人的錯。問題在於雪音小姐本人的意志。」

愛佳小姐伸手撫摸沉睡的雪音小姐的頭。

「雪音小姐獨自攬下太多工作了。在家裡為了大家一手包辦家事，在學生會等的團體中，又比任何人都更加熱心於工作。就連明明應該負責照顧她的我，她都從來不曾主動開口請我幫忙。或許是由於長年的性癖吧，所以她才會總是把自己逼入絕境。」

果然連愛佳小姐都覺得雪音小姐的工作方式太過異常了。

「真希望她能多多愛惜自己的身體。害我擔心得快抓狂了。」

愛佳小姐憐愛地撫摸著雪音小姐的黑髮。

而後她抬頭望向我。

「天真大人……為了保險起見，可以請您留下來看顧雪音小姐嗎？」

「咦？」

「小姐醒來後，一定又會想要立刻回去工作。到時候希望您可以阻止她。現在保健老師有事外出了，我則是還得忙攤位的事……」

愛佳小姐一臉過意不去地低頭拜託我。

「之後等攤位人潮變得更多時，我會請天真大人回來幫忙；不過在那之前，可以拜託您嗎？」

「……………我知道了，交給我吧。」

我有一瞬間在思考自己是不是也該回去攤位工作；但察覺到她的用意後，便打消了念頭。

她一定是想把雪音小姐交給我照顧吧——給身為臨時夫婿的我。

「謝謝您。那麼我先離開了。」

她其實也很想留在雪音小姐身邊吧。愛佳小姐不停回望雪音小姐，依依不捨地離開保健室。

之後，我在擺放於床邊的折椅上坐下，再次看向雪音小姐的臉。

「雪音小姐……」

愛佳小姐說得沒錯，她總是獨自攬下太多工作了。

我可以理解雪音小姐是為了回應大家的期望，所以才會這麼努力。不過，她還是應該適可而止，根本沒必要賣力工作到整個人暈厥過去。

為什麼她凡事都想一個人扛呢？為什麼不拜託我呢？

昨天學生會的工作也是，要是一開始就來找我幫忙，一定可以早早做完吧。要是她平時多依賴我一點，就不會演變成這樣了……

照這個樣子來看，一定會如同愛佳小姐所擔心的，當雪音小姐醒來後，大概又會想要回去工作吧。

「我絕對不會允許……！」

事到如今，我就是賭上一口氣，也要逼雪音小姐好好休息。如果她又打算把自己逼入絕境，我只能全力阻止她了。

我在心底毅然下定決心，絕對不會讓雪音小姐繼續傷害自己。

※

「嗯……嗯唔……天真學弟……？」

就在我來到保健室的幾十分鐘後，床上的雪音小姐醒了過來。

她一看到我，便用孱弱的聲音呼喚我的名字。

「雪音小姐，妳沒事吧？有沒有哪裡會痛？」

「唔、唔嗯……先別管這些，這裡是……保健室？奇怪……？我究竟怎麼了……」

雪音小姐用手抵著頭，試著搜尋記憶的脈絡。接著，她露出猛然驚覺的表情。

「天真學弟！現在幾點了？」

「才剛過十二點。妳大概睡了一小時。」

「糟糕！得趕快回攤位！」

果然不出所料，雪音小姐急忙起身，想要回去工作。然而──

「啊……」

她隨即一陣虛脫，全身無力地跌坐回床上。

「雪音小姐……依妳現在的狀況，光是要動作都已經很勉強了。畢竟妳才剛因為太過操勞而昏倒。」

「唔……」

「我想應該是一路努力至今所累積的疲勞，一口氣全湧上來了吧。所以現在就請妳好好休息。稍微睡一下一定就會好了。」

「可、可是……我還有工作……」

「萬一繼續惡化下去，最後很可能會一發不可收拾喔？到時我可是會很傷心的。就當作是我拜託妳，請好好休息吧。」

我搭住雪音小姐的肩膀，壓下作勢要起身的她。

「…………」

大概是聽進了我說的話吧，雪音小姐全身放鬆下來。只是──

「……不行，我還是非去不可。」

她馬上又試著站起來。

「雪音小姐！就說了不行啦！」

「放開我，天真學弟。我得趕快回去張羅料理，接下來會有大批客人上門啊。」

「別逞強了！妳才剛昏倒耶！憑妳那副身體，要怎麼工作——」

「可是，必須回應大家的期望才行！」

雪音小姐突然提高音量大吼，我嚇得身體重重一顫。

「期……望……？」

「因為……我是長女啊……因為我是學生會長……！」

雪音小姐昨天曾說過：「在眾人面前時，我必須當個出色的『姊姊』和『學生會長』。」「想全力回應眾人對我的期望。」

可是也沒必要連這種時候都還掛念著這些吧？大家的期望並沒有重要到連自己昏過去時，都還依舊心心念念啊！

「我沒事。這點程度沒什麼大不了的。我從以前就一直是這麼走過來的。」

「從以前……？」

雪音點點頭後，開始娓娓道來：

「我們的父母都是大忙人。父親是為了經營公司，母親則是因為工作，常常得世界各地到處飛來飛去。」

儘管我對三姊妹的母親一無所知；但肇先生確實天天都忙著工作，一個月大概只會回家幾趟。

「正因為如此，當我們都還小時，雙親真的都非常辛苦。每天不只要拚命工作，回家還得照顧我們……看著如此辛勞的父母，身為長女的我也很想替他們幫上一點忙。」

大概是因為有對忙碌的父母以及還有妹妹們在吧。雪音小姐似乎從小想法就非常成熟穩重。

「在那之後，我慢慢地努力學會做家事，好讓父母可以稍微輕鬆一點。結果父母兩人都大力地誇獎我：『總是麻煩妳，謝謝妳喔。真不愧是姊姊。』『雪音，我對妳很抱期望喔。』聽到這些話後，我真的很開心，於是又更加努力。」

「…………」

「不久之後，愛佳來到家裡負責打理我們的生活，只是光靠愛佳一個人，實在無法面面俱到。於是身為長女的我，依舊繼續努力著。無論是做家事還是照顧妹妹，當然也包括讀書和學才藝。不知不覺間，我背負了愈來愈多人的期望，例如學校、才藝班老師還有朋友。而親戚們也開始對我這個神宮寺家的長女抱有很大期望。」

於是雪音小姐開始天天背負著眾人的期望生活……

「我想為了父親、母親和妹妹們好好努力，想要回應大家的期望。我從以前就一直抱著這樣的想法走過來，所以早就已經習慣努力了。」

「雪音小姐……」

她過去也和現在一樣做著同樣的事嗎……因為一直過著這樣的生活，所以明明應該休息的時候，才會依舊不懂得愛惜自己。

「而且每天不斷努力著，也漸漸從中開始得到快感……事到如今，即使稍微逞強一下，我也完全不以為意喔。」

「唔……！」

雪音笑著如此說道。不過那並不是平時的開朗笑容，而是明顯帶有倦色、隱約還有一絲空虛的笑容。

「雪音小姐……妳該不會……」

聽到她剛才的那番話，我發現到一件事。

那正是我一直很在意，雪音小姐之所以變成被虐狂的理由。

雪音小姐一直以來都以神宮寺家長女的身分，在各方面都非常努力。過程中一定也扛起了無以數計的辛勞。想必也已經不是一次、兩次像這次一樣整個人累昏，或是差點倒下吧。

她恐怕就是為了從這些辛勞中守住自己的身心，自然而然地學會了舒緩痛苦與艱辛的方式。也就是——透過痛苦與艱辛來擁有快感。

雪音小姐一直以來便是如此陷自己於苦境，直到自己成為了被虐狂，甚至都已經瀕臨昏倒邊緣了，依舊沒有自覺。這人比我想像中的還要犧牲自我一直活到現在。

這人究竟……有多溫柔啊……！

「天真學弟，這下你明白了吧？我真的沒事，所以讓我回攤位去吧，好嗎？」

「…………不要。」

「咦……？」

「絕對不可能！我死也不會讓妳回攤位去的！」

聽了剛才那番話，我更不可能放行了！

她絕對不會主動休息。要是沒人阻止她，她總有一天會崩垮。

所以，我必須阻止她才行！

「我絕對不會讓妳去！今天說什麼也要讓妳好好休息！」

「天真學弟……！為什麼？為什麼要這麼意氣用事呢？」

「意氣用事的人是妳吧！妳就是每次都不肯把我的話聽進去！所以才會累倒啊！」

「這點程度根本沒什麼！而且我剛才已經休息了一會兒……」

「只睡一小時，就連休息都稱不上！對妳現在的身體來說！」

「我沒事！我自己的事，我自己最了解！而且我剛才也說了吧？我就算再辛苦，還是可以享受快感……我反而還希望可以更加忙得焦頭爛額呢！」

唔……我都已經這麼苦口婆心了，她還是想回去工作嗎……！

「我明白了……我知道了！既然妳那麼追求快感的話，就換我來調教妳吧！」

「咦……？天真學弟要調教我？」

聽到我自暴自棄的宣言後，雪音小姐瞪大雙眼。

「你是怎麼了……？天真學弟居然主動說出這麼令人開心的話……！」

「因為不做到這個地步，妳根本聽不進我的話呀……既然工作能讓妳感到興奮，那就換我來替妳發洩性慾！」

「真、真的嗎？天真學弟真的願意主動幫我……！」

「沒錯。為了不讓雪音小姐回去工作，就由我來調教妳。」

大概是對於我的提議大感意外吧。雪音小姐的雙眼閃閃發光，臉上的表情就好像打開禮物的孩子似的。

「好、好棒……！天真學弟的第一次調教！天真學弟終於肯成為我的主人了！」

這的確是第一次由我主動進行調教。

至今為止都是為了阻止發情的雪音小姐，我才會配合她的ＰＬＡＹ；但自己從來不曾積極地展開調教。

「主人！您要進行什麼樣的ＰＬＡＹ呢？您要如何凌虐我呢？」

「我已經決定好了。那麼事不宜遲……首先請妳戴上項圈吧。」

「項圈……！主人是要我像條母狗一樣服從您嗎……？光是想像就讓人不自覺興奮起來了呢！」

「我來替妳戴上，所以妳先閉上眼睛。在我說好之前，絕對不准睜開。」

「是！全都聽主人的！」

雪音小姐緊閉雙眼，用著滿心期待的表情等待我的ＰＬＡＹ。

「…………」

她真的……長得非常美麗呢。

像這樣細細打量後，再次意識到她的美貌。端正的五官和充滿女人味的漂亮長髮。肌膚雪白得近乎病態，紅潤的雙頰與嘴唇則顯得十分可愛。

這樣的人實際上居然是被虐狂，倘若不是在ＰＬＡＹ中見識到，肯定無法想像吧。

不過，我接下來必須開始調教她。為了不讓她回去工作，必須透過殘酷的對待來取悅她才行。

「……唉……」

我吐出一口氣下定決心。

而後，我從剛才趁著雪音小姐還沒醒來時，回去拿過來的包包裡頭拿出一件道具——為了取悅她的道具。當下我手上唯一可以用來進行ＳＭ的道具。

接著我將手繞到雪音小姐的頸後，替她戴上我從包包拿出來的那樣東西。

「……好了，可以了，雪音小姐。」

「是！」

我一說完，雪音小姐立刻開朗地回應，同時緩緩睜開眼睛。

之後——

「……咦？怎麼會……？天真學弟……？」

她看到套在自己脖子上的物體後，一臉愕然地看向我。

「天真學弟……這並不是項圈吧……？」

沒錯……那並不是項圈。

我戴在雪音小姐脖子上的不是項圈，而是項鍊。墜飾上還以小貓作為裝飾。

「為、為什麼……？雖然這條項鍊非常可愛又漂亮……但是並無法滿足我喔？你不是要替我戴上項圈嗎？不是要從事激烈的ＰＬＡＹ嗎？」

雪音小姐猜不透我的意圖，顯得十分困惑。

雪音小姐想要的，顯然是激烈的性虐ＰＬＡＹ。例如套著項圈和我一起散步，或是像個女奴隸一樣被我言語凌虐，希望我能懲罰她。

不過……

「我怎麼可能對妳做出那麼過分的事……我反而想要溫柔地對待妳。善待一直一個人努力的妳……」

「天真學弟……？」

雪音小姐似乎從我的口氣中領悟到什麼。

於是她再度將視線落在項鍊上，這才注意到──

「天真學弟……這條項鍊……」

「沒錯，是我親手做的。昨天向月乃借了滴膠水晶的材料。」

陪雪音小姐一起處理完學生會的工作後，我接著用月乃剩下的材料做了好幾條項鍊，好替班上的企畫出一點力。這條項鍊就是在那時候順便做的。

「我辦得到的ＰＬＡＹ，就只有用這條項鍊代替項圈，替妳戴上而已。替妳戴上這條當作禮物的項鍊……」

「禮物……？」

「這是……我要送給雪音小姐的禮物。也是我能想到的項圈。為了讓妳服從我。」

替雪音小姐戴上項圈，就意味著我將成為她的主人，並且要求她服從我。至少我是抱著這道想法替她戴上那條項鍊的。

於是，我對她下達命令：

「雪音小姐……請妳對著代表服從的項圈——對著這條項鍊宣誓吧。再也不會沒日沒夜地爆肝工作，不會再拚命工作到過勞倒下。」

「咦……？」

「我不希望雪音小姐繼續吃苦。不想再看到妳凡事都往自己肚子裡吞，變得傷痕累累。就算妳是被虐狂，所有的辛苦和疲勞都能化作快感；但事實上還是對妳的身體造成了嚴重負擔，甚至因此昏倒吧？再這麼下去，妳遲早會垮下的。」

「那、那是因為——」

「妳或許感覺不出來，但我真的非常重視妳，所以不希望妳垮下。請妳更加愛惜自己一點吧。」

「天真學弟……」

大概是因為我的話而湧現萬千思緒吧，雪音小姐低頭沉默了好一會兒。

然而，她依舊不肯接受我的請求。

「可是我……必須更加努力才行……無法回應大家期望的我……無法為大家付出的我……這樣的我……單純就只是個變態啊……」

「不，雪音小姐才不只是個變態。」

「咦……？」

雪音小姐看著我的臉。

「至少雪音小姐的本性並不是被虐狂。」

「我的本性……？」

「雪音小姐太妄自菲薄了。妳遠比自己所想的更加了不起。」

最近這陣子，我一直跟在雪音小姐的身邊。再加上聽到她剛才的那番話後，我更加確定了一件事。

被虐狂性癖並不是雪音小姐的本性。她非常替身邊的人們著想，有著為他人犧牲奉獻的溫柔。這才是雪音小姐與生俱來的本性。

被虐狂性癖只不過是從她的生活方式當中誕生出來的副產物。

「妳聽好了，雪音小姐。妳比任何人都更加誠實、認真、堅毅且溫柔，總是為了大家而努力，是最出色的學生會長。而且也是最棒的姊姊。」

「……！」

「即使有著變態的一面，也無損妳的價值。因為兩者並沒有關聯吧？就算是被虐狂，雪音小姐的優點——妳的溫柔也不會因此打折。」

的確，要是知道雪音小姐其實是個變態，或許會有很多人因此大感失望。不過，那只是因為那些人根本不了解雪音小姐真正的優點罷了。

所以，雪音小姐沒必要對於自己被虐狂的一面懷抱罪惡感。

「我、我……才沒你說得那麼出色……」

「不管妳多麼看輕自己，我還是抱持同樣的意見。妳為了回應大家的理想，總是加倍再加倍地工作；而大家也都衷心地尊敬如此努力的妳。就算妳突然拋下工作跑去休息，也絕對不會有人有意見的。」

「騙、騙人……那怎麼可能……」

「如果妳無法體會這一點——我現在就讓妳知道吧！」

「讓我知道……你要怎麼做……？」

就在雪音小姐提出質疑——

保健室的門突然被人打了開來。接著伴隨一陣慌張的腳步聲，有人跑了進來。

「雪音姊！妳沒事吧？」

「我聽說雪姊昏倒了，是真的嗎？」

「會長！妳沒事吧？會長！」

出現的是月乃、花鈴以及布施同學三人。

「妳、妳們……！怎麼會來這裡……？」

看到突如其來的訪客，雪音小姐愕然地半張著口；不過隨即像是想到什麼似的一臉驚訝。

「啊！連小圓也跑來的話，誰要顧攤位的廚房——」

「會長！這時候就別管攤位的事了，請妳好好擔心自己吧！」

布施同學罕見地對雪音小姐大聲吼道。她的反應讓雪音小姐也不禁嚇了一跳，當場愣住。

「我們……是來探望會長的。因為聽一条同學說，會長倒下了……」

「天真學弟說的……？」

「還有……妳不必擔心攤位的事。妳看一下這個就會明白了。」

說完，布施同學拿出手機操作起來。接著她點開儲存的影片播放給雪音小姐看。

「……唔！這是……！」

螢幕上播放的是剛剛才拍下的「Paradise Time」攤位內的影像。排好的座位全都坐滿了客人，是與先前截然不同的盛況。

不過更讓人驚訝的是……擔任店員的是好幾名非學生會成員的學生。也不知是從哪兒弄來的，男生們都穿著和服與人氣動漫的角色服裝，女生們則是換上了女僕裝和魔女裝，有些人幫忙招呼客人，有些人負責料理。

而且在這之中也包括了葵。她穿著小紅帽的服裝，手忙腳亂地幫忙送餐。那副模樣似乎相當符合客人的喜好，周圍的人們不分男女都對她送出「加油——！」、「好可愛喔——！」一類溫暖的聲援。

「咦……咦？這是……怎麼回事……？為什麼其他的學生會……？」

雪音小姐一臉不可思議地詢問布施同學。

「是一条同學找他們來的……他跑遍了全校……」

「咦……？」

其實在雪音小姐醒來之前，我一個一個去跟大家說明雪音小姐的狀況，請他們到攤位幫忙。儘管是非常臨時的請求，結果還是有幾十位學生立刻自告奮勇。

於是他們現在便在作為代表留下來顧攤的愛佳小姐的指揮下幫忙打理攤位。

「天真學弟居然召集了這麼多人……？好、好厲害！謝謝你！」

大概是知道攤位一切順利後，於是便放心了吧，雪音小姐用開朗的聲音向我道謝。

不過——

「雪音小姐……妳誤會了。」

這並不是我的功勞。

「大家之所以會伸出援手，都是因為雪音小姐平時總是盡心盡力地幫忙大家喔。」

答應來幫忙的所有學生，全都是在這次校慶中，曾被雪音小姐幫助過的人。向雪音小姐徵詢建議的氣球藝術班級的學生、找我們幫忙拍攝戲劇的那一班學生等，大家都過來幫忙。

每個人都是一心想要幫助雪音小姐，於是才回應了我的請求。雖然也有學生因為自己班上的攤位忙不過來而拒絕，但所有人都是打從心底擔心雪音小姐。

「這所學校的所有學生都曾透過各種形式獲得妳的協助，全校同學都非常依賴妳。正因為有這些過程，大家才會尊敬妳、樂意幫助妳。所以，這全都是雪音小姐妳的功勞。都是因為妳的人望喔。」

「怎、怎麼可能……！我並沒有……」

大概是因為突然被人這麼誇獎而動搖了吧，雪音滿臉通紅地別開眼神。此時——

「雪音姊！對不起！」

一直沉默不語的花鈴突然大聲道歉。

「一直以來，花鈴總是一味地依賴姊姊……不但家事全都交給雪音姊，還老是拜託妳一些雜事……花鈴明明也知道雪音姊真的很忙……」

「妳這麼說的話，我也一樣呀……只有想到自己，完全沒有考慮到雪姊的負擔。把雪姊幫我做的一切都視為理所當然……雪姊，真的很對不起……」

花鈴和月乃兩人一起低頭致歉。

「花鈴……月乃……」

接在她們兩人之後，布施同學也跟著深深低下頭。

「會長！我也要向妳道歉！」

「咦……？」

「我進到學生會工作之後，不知不覺開始認為：『反正有雪音學姊在，就算出錯也會有人替我補救。』萌生了非常自私的想法……！這種想法想必也增加了雪音學姊的許多負擔吧！」

或許是深深感到罪惡吧，布施同學邊說邊落淚。

「正因為尊敬學姊，明明更應該好好輔助妳才對……！真的很對不起！」

「連小圓也這麼說……大家根本沒必要道歉呀……」

雪音小姐不知所措地看著低下頭的三人。

「看到了吧……雪音小姐？大家都是如此由衷地替妳著想。」

「天真學弟……」

「這所學校的所有師生都很尊敬妳，也都真心想要成為妳的助力。這下妳應該可以體會到了吧？」

「………嗯。」

雪音小姐靜靜地點點頭。

「所以，妳再也不必勉強自己過度工作。不必再一味地只是付出。根本不需要擔心，因為妳真的非常出色，是『大家憧憬的姊姊』。」

至今為止，雪音小姐並不是因為某人的命令，而是出於本意為了他人而努力。我可以自信滿滿地掛保證，她絕對比任何人都更加可靠。

「我們反而希望妳可以多依賴我們一點。哪怕只有一次也好，能不能體諒一下我們的心情呢？」

「嗯……嗯……！」

雪音小姐再度點頭。

之後，她將視線重新移回至今依舊低著頭的三人身上。

接著以漾滿感動的聲音說道：

「真的……很謝謝大家……攤位的事，今天能不能拜託妳們呢……？」

三人一聽到她的話後，紛紛抬起頭。

「當然！這次輪到花鈴為了姊姊而努力了！」

「只要我們努力起來，沒什麼事難得倒我們！」

「料理就交給我吧！我會竭盡所能做出接近會長的味道！」

或許是第一次被雪音小姐拜託吧，三個人臉上都掛滿笑容。

「那麼趕快回攤位去吧！花鈴負責招呼客人，保證會把客人迷得神魂顛倒！」

「啊，等一下！我也一起去！」

花鈴和月乃鼓足幹勁地想替雪音小姐盡一點力，一起走出保健室。

太好了……這下總算能讓雪音小姐休息了。

「一条同學……謝謝你。」

布施同學突然對我說出難以置信的話。

「咦……道謝？跟我嗎……？」

「嗯。多虧有你，會長和攤位才能沒事。我想好好向你道謝。」

「別這麼說，攤位的事全都是會長的功勞。我剛才也說過了，我就只是四處去拜託大家而已。」

「不過，這都是因為一条同學比我想像得更加為會長著想……我或許對你有點改觀了……那麼我先走了！」

說完，布施同學有些難為情地轉身回去攤位。

看來她總算把貼在我身上的「有害變態」標籤撕掉了。

如此一來，保健室裡又只剩下我和雪音小姐兩人。

「天真學弟……我也要謝謝你。謝謝你為我做了這麼多……」

雪音小姐目光柔和地對我說：

「另外，我還要向你道歉，給你添麻煩了。四處去拜託人一定很辛苦吧？」

「妳別跟我道歉。我不是說了？我也想要幫上雪音小姐的忙。而且身為病人，只管撒嬌就好了吧？」

「啊唔……」

我把之前感冒時，雪音小姐對我說的話原封不動地還給她。雪音小姐總是只懂得對人付出溫柔，至今為止大概幾乎不曾像這樣反過來向人撒嬌吧。

正因為一直處於那樣的狀況，她的被虐狂性癖才會覺醒。

既然已經知道前因後果，為了消滅雪音小姐的性癖，我希望她未來也能繼續向我撒嬌。希望自己可以成為雪音小姐的心靈依靠，減輕她的辛勞。

就如同她平時對待我們一樣。

「那麼我差不多該走了，得回攤位才行。」

雖然人手應該已經足夠，但就連葵都下場工作了，我又怎麼能一個人偷懶呢。

「吶，天真學弟……最後可不可以問你一件事？」

我正要走出保健室時，雪音小姐開口叫住我。

「咦？什麼事……？」

「天真學弟為什麼會給我這個呢？」

雪音小姐舉起我給的項鍊詢問。

「雖然你剛才說是禮物……但今天並不是我的生日吧？」

「啊……那是因為……」

沒想到她會問我這個……不過，確實應該好好說明清楚才對。

「怎麼說呢，就是……謝禮。最近這陣子，各方面都受妳照顧了……」

為了掩飾害羞，我說著的同時別開頭，不去看雪音小姐。

「我過去一直覺得校慶很無聊，總認為有時間玩的話，不如把時間拿來念書還比較有意義，所以至今從來不曾認真地參與校慶的準備。」

實際上這一次也是，一開始加入學生會時，我根本一點幹勁也沒有。只有專注於原本的目的，也就是監視雪音小姐。

「不過，和雪音小姐一起準備校慶後，我才發現自己的想法大錯特錯。幫忙拍戲時所獲得的成就感，和學生會成員一起籌劃攤位活動的樂趣……是妳教會我許多無法透過死讀書得到的體驗。」

陪著雪音小姐準備校慶的過程中，我的想法逐漸改變了。同時也在這場校園活動當中，找出了有別於讀書的意義。

「因為有雪音小姐在我身邊，我才能如此享受校慶。所以，這條項鍊正是對此的答謝。真的很謝謝妳。」

我深深地低下頭，希望能盡可能地把這份心情傳達給她。

「天、天真學弟……」

「啊，另外還有一點。」

唯有這一點非讓她知道不可。

「雖然校慶今天就會結束了……不過，未來我也會一直陪在雪音小姐的身邊。當妳需要幫忙時，我會成為妳的支柱。所以妳隨時隨地都可以儘管向我撒嬌喔？」

「……………唔！」

雪音小姐驚訝地瞪大眼睛。

而後她以兩手緊緊握住我送給她的項鍊。

「……？妳怎麼了？雪音小姐？」

「沒、沒有……！那個……真的什麼事……也沒有……」

總覺得雪音小姐的聲音聽起來帶有一些顫抖。接著她像是要打圓場似的，唐突地開口說：

「對、對了……！抱歉喔，天真學弟，我有點睏了……」

「啊，是嗎……那我先回攤位去了，妳好好休息吧。」

「嗯、嗯……！我會好好珍惜這條項鍊的。」

說完，雪音小姐像是要逃避似的以棉被蓋住頭。

怎麼回事……雪音小姐的反應讓我有點在意。

不過，看起來不像是身體不舒服。這下她應該會乖乖地放下工作了，那麼我繼續待下去反而會打擾她。

當我再次決定回到攤位，正要跨出保健室時。

「……天真學弟……」

離去前，雪音小姐再次呼喚我的名字。我聞聲回過頭後——

「……真的……很謝謝你……」

她從棉被裡探出頭，露出了至今為止我所見過的最棒笑容。

※

「那麼，現在開始進行第三十五屆青林祭的表揚儀式。」

老師的宣言響徹於聚集了全校學生的體育館內。

校慶也終於到了最後的閉幕式，而現在正好進行到表揚儀式的部分。

儀式中會從展出、販售、樂團及發表等各個攤位類別中選出最優秀的組別，並在全校師生面前予以表揚。

「首先表揚的是展示類別。企畫名稱『SAB（special art ballon）』——一年一班的氣球藝術！」

「哇啊啊啊啊啊啊——！」

站在講臺上的男老師宣布得獎的班級，接著那一班的代表立刻開心地奔上講臺。

之後同樣又再選出發表類別與樂團類別的優秀組別，分別是由三年級的班級與個人團體獲得，各組代表也陸續走向講臺。

最後販售類別被點名的組別是——

「企畫名稱『Paradise Time』——學生會的角色扮演咖啡廳。」

「唔噢，真假！」

我們的企畫居然被選上了，根本連作夢都沒想到。

不過被點名的感覺真不錯。去年校慶時，我只是事不關己地冷眼看待表揚儀式；但換成自己推出的企畫得到如此好評時，真的讓人非常高興。

至於上臺領獎的當然是──

「雪音會長──！恭喜妳──！」

「角色扮演咖啡廳太棒了──！」

「請再扮演成狗狗吧──！」

不二人選的雪音小姐。

一看到她走上前，原本情緒就已經很激昂的學生們，這下更是沸騰到了頂點。

順道一提，我在剛才角色扮演咖啡廳關店後打掃收拾時，就已經見過雪音小姐了，她似乎已經完全復原了。她先是為了休息的事向大家道歉，之後也笑著向我道謝，脖子上還悄悄戴著剛才我送給她的那條項鍊。

雪音小姐一副習以為常的模樣，淡定地站在舞臺上，與其他得獎人們並排。

之後開始逐一進行頒獎。

從最早被點到名的學生開始，依序從男老師手上接過大大的獎狀。每一次臺下的學生們也會毫不吝惜地給予熱烈的掌聲。

學生們都領完獎後，再次於講臺上並排站好。

「接下來請得獎的同學輪流致詞吧。」

男老師說完，將麥克風遞給學生們。應該是要他們簡單打個招呼吧。

這次同樣也是依照上臺順序，一個一個輪流往前一步致詞。

「呃……今天過來欣賞我們班上氣球藝術的各位，真的非常謝謝你們！由於準備過程非常辛苦，所以真的超開心可以得獎！」

代表學生以簡短的幾句話，表達出喜悅的心情。或許是因為今天是校慶吧，口氣也少了拘謹。

不一會兒，大部分學生都已經致完詞，最後輪到雪音小姐。

她如同平常全校集會時一樣，先是向臺下的學生們一鞠躬。

「各位，今天玩得還開心嗎？」

『開心——————！』

雪音小姐才問完，學生們立刻火熱回應，簡直就像是偶像的演唱會一樣。

「哈哈哈。像這樣站在講臺上，可以清楚看到大家神采奕奕的表情。」

雪音小姐先是環顧全校學生一圈，接著朝臺下露出溫柔的笑容。

「截至今天為止的大約兩個星期，我和重要的夥伴們同心協力、竭盡全力地準備『角色扮演咖啡廳』。最後很榮幸可以獲得這個獎項，真的令人感到無比欣喜。首先我在此由衷地感謝學生會的夥伴們。」

雪音小姐將視線投向我們這些學生會成員。

「此外，更要感謝明明不屬於學生會，卻來到我們攤位幫忙的各位。我今天臨時身體不舒服，中途無法再繼續負責攤位裡的工作，這時卻有許多人來到攤位幫忙。多虧大家，攤位才能順利地開到最後。真的非常謝謝各位。我現在可以站在臺上，全都是大家的功勞！」

如此說完，雪音又再行了一個禮。

「那麼，本屆校慶就到此結束。正是多虧各位截至今日的協助，全力以赴地參與其中，本學園全體上下才能度過如此美好的一天。真的、真的非常感謝各位！」

最後，雪音小姐再次深深地一鞠躬。

所有人也隨即跟著響起盛大掌聲讚揚雪音小姐。我當然也同樣拍到手都痛了。

「非常謝謝各位。那麼請繼續用掌聲迎接他們回到各自的組別吧！」

聽到老師的話後，代表學生們一個接著一個走下臺。此時的掌聲不但沒有停止，反而更加熱烈了。

看來剛才萬人迷學生會長的一番致詞，使得全校學生的熱血值升至ＭＡＸ了吧。

就在我不著邊際地思考時——

「天真學弟————！」

呼喚我名字的聲音劃破了掌聲。

「咦……？」

定睛一看，原本應該準備下臺的雪音小姐，再度拿起麥克風跑到講臺中央。

所有人全都停止拍手，直盯著她看。另一方面，雪音小姐則是站在講臺上看著我。

怎、怎麼了……？她突然這是在幹嘛……？為什麼會突然叫我……？

這麼想的並不只有我。周圍的視線全集中到我身上，朝我露出一頭霧水的表情。不不不，別看我啦。我也同樣一無所知，根本沒聽她說過。

我不明所以，探問似的將視線移回到講臺上的雪音小姐身上。

接著，就在我與她四目相接的瞬間——

雪音小姐先是深呼吸一口氣，然後對著麥克風大喊：

「今天真的很謝謝你——！我最————喜歡你了！」

…………………………ＷＨＡＴ？

她剛才……到底說了什麼？

咦，太奇怪了。完全摸不著頭緒。咦……？最喜歡？那是哪一國語言？是不是和「最希望」之類的搞混了？

不行。腦袋完全反應不過來。而且不知為什麼全身無法動彈，就連聲音也完全發不出來。

這一點似乎所有人都一樣。直到剛才為止的喧鬧聲瞬間消失，體育館內悄然無聲。雪音小姐那句話便是挾帶了如此震壓全場的威力。

此時——雪音小姐再度開口說：

「開玩笑的啦♪」

只見她微吐舌頭，還眨了一下眼，露出所謂「裝傻吐舌」的表情。

嗯…………嗯？開玩笑的啦……？

「咦……？剛、剛才的話……只是開玩笑喔……？」

聽到我的自言自語，學生們才開始慢慢騷動起來。

「什……什麼嘛～！只是開玩笑喔～！」

「嚇死我了……雪音學姊居然也會開那種玩笑……」

「啊～我差點以為自己的人生就到這裡了～！雪音學姊居然會有喜歡的人，這點我絕對不容許！」

「是說『天真』是誰啊？」

大大鬆了一口氣的學生們，你一言我一語地吐露心聲。

接著，我再次望向雪音小姐——

她就好像正問著「有嚇到嗎？」似的，回給我一臉惡作劇般的笑容。

之後她帶著那抹笑容，氣定神閒地走下講臺。

居……居……居然被她捉弄了————！居然在校慶的最後一刻被她狠狠地捉弄了一番————！

喂喂喂……這種玩笑會死人啊……心臟真的差點就停了耶……老實說，心底小鹿都暴衝了！還以為她真的在向我告白！

「是說雪音小姐……她到底有什麼目的啊……」

為什麼她要特地開那種玩笑？箇中理由令我百思不解。

※

「啊啊啊啊啊～～～～～！我說出口了～～～～～～！」

閉幕式結束後，我逃到體育館的角落，羞恥得放聲大叫。

讓我懊惱不已的當然就是剛才的告白。

「嗚嗚嗚嗚嗚……這下事情鬧大了啦～～………」

那時候因為角色扮演咖啡廳獲得優秀獎，情緒非常激昂，接著又從講臺上看到天真學弟的身影……等我回過神時，就已經喊出口了。

討厭啦～！好丟臉～！我現在巴不得躲進被子裡翻滾～！

「啊～～～～！我怎麼會說出那種話呢？怎麼會說出那種話啦～～～～！」

我以雙手摀住紅通通的臉龐，並且發出哀號。

不過，其實我非常清楚自己為什麼會說出那些話。

因為我——真的喜歡上他了。

『未來我也會一直陪在雪音小姐的身邊。當妳需要幫忙時，我會成為妳的支柱。所以妳隨時隨地都可以儘管向我撒嬌喔？』

剛才他在保健室對我說的話依然言猶在耳。

這是第一次有人對我這麼說。

平時不管我去到哪裡，總是溫柔付出的一方，總是寵愛他人的一方。從我懂事以來，第一次有人教我怎麼撒嬌。

在我心底的某個角落，一定一直很希望有人能夠這麼對我說吧。內心深處一定一直很想向人撒嬌吧。

因為天真學弟的那番話，才讓我第一次意識到這份心情。

意識到這一點時，突然覺得天真學弟迷人得令我無法自拔。

連我都沒有注意到；但他發現了我的優點。

連我都沒有注意到；但他給了我真正想要的東西。

如此細心入微的天真學弟，讓人無比憐愛。

「天真學弟……天真學弟……」

毫無意義地反覆輕吐他的名字。

我再次從胸口捧起他送給我的項鍊出神凝望。我喜歡的貓咪造型項鍊，象徵著天真學弟給予我的溫柔。愈是凝望，對他的愛意就愈是深刻。

「不過……這份心意絕對得保密……」

我知道天真學弟並不喜歡我。當然我想他應該不討厭我……但至少他對我的喜歡，不是愛情的那種。

所以剛才我在最後還是隨便敷衍過去了。因為我害怕真正的心意會被發現。

而且也不能讓月乃和花鈴發現自己的這份心意。

因為她們兩人也和我一樣，與天真學弟是臨時夫妻的關係。如果被發現我喜歡上天真學弟，她們很可能會無法繼續專心進行新娘修行……

「這麼說來……月乃和花鈴又是怎麼看待天真學弟的呢……？」

她們很可能也和我有著同樣的想法。

若真是如此，我更不能讓這份心意曝光。

縱使內心的我喜歡天真學弟，喜歡到好想和他成為真正的夫妻。

「對不起，天真學弟。不過，姊姊可不是那麼容易被擊倒的女生！」

用著像是要說服自己一般的心情，我說出自己的決心。

即使如此，對於他的愛意依舊沒有絲毫消退。

※

「剛、剛才……只是開玩笑嗎……？」

我壓抑著全身的顫抖，視線一直緊追著從講臺走下來的雪姊身影。

雪姊突然在講臺上向天真告白時，我的心臟差點就要停止了……

而且，雖然雪姊最後用開玩笑帶過……但她真的只是在捉弄天真嗎？

「唔，我幹嘛要擔心啊……」

反正……就算雪姊喜歡天真也無所謂。和我一點關係也沒有。

因為我對天真一點也……

「……唔！」

總覺得內心像針扎般刺痛。

當我試圖想要討厭天真的瞬間，忽然有什麼刺進我的內心。同時，腦海裡自然而然地浮現出剛才的事。

剛才校花大賽時，我把初戀對象和天真的身影重疊，忍不住抱住他，把天真認定是「真命天子」。

而且還萌生了想和天真成為真正夫妻的念頭。

「啊啊，討厭啦……！笨蛋！我這個大笨蛋！自己怎麼會做出那種事……！」

喜歡天真的人是花鈴。我明知道這一點，還對她說過會替她的戀情加油。然而，我居然會在意起天真，身為姊姊實在太不應該了。

剛才的反應就和往常一樣，只是一時的鬼迷心竅罷了。

因為天真說出的話，和記憶中那名男孩說過的話一模一樣，我才會有點吃驚而已。

就如同之前聽到花鈴的告白時一樣，我一時慌亂無措，才會做出奇怪的舉動罷了。所以，我果然並不喜歡天真！

可是，如果……

如果天真他真的是我命中注定的對象呢？如果真的是我的初戀情人呢？

即使如此，我還能繼續躲避天真嗎……？

「唉……該怎麼做才好呢……？」

而且，說不定雪姊也喜歡天真。若真是如此，我就更加不能對天真有其他想法。

再說，到時候我究竟該替雪姊還是替花鈴加油呢……？

「不行了……完全想不透……」

身為姊姊想替花鈴加油的心情；對於雪姊的真正心意抱持疑問；以及不知為什麼就是無法否定自己對天真的心意。

三道情緒在我的心底掀起一陣又一陣的漩渦。

※

「開玩笑嗎…………其實並不是吧……那是……」

我的視線一路緊追著走下講臺的雪音姊，同時小聲地嘟囔。

剛才雪音姊的告白……怎麼看都不像是開玩笑，是她滿懷心意的真心告白。「喜歡」的情緒滿溢而出，自然而然脫口而出的告白——我怎麼看都是如此。

不止月乃姊，連雪音姊也喜歡學長……

仔細想想，這完全不無可能。既然姊姊們也和學長住在一起，任何可能性都有機會成真。畢竟學長真的很溫柔，而且真心地替我們著想。沒有陷入愛河反而才更奇怪呢。

「不過……沒想到就連姊姊們也一樣……」

兩位姊姊都是遠比我更有魅力的女生。雪音姊不但無所不能，個性也非常溫柔；月乃姊則是很會打扮，個性又開朗，我知道她們都很受歡迎。

然而，我卻樣樣都不如姊姊們。

如果真的得和她們一起爭奪學長，我根本就毫無勝算……天真學長絕對會喜歡姊姊她們。

「——不行……這種事不能太早下定論……」

如果一開始就下好定論，真的會把學長拱手讓人。這點我絕對無法忍受。

雖然很喜歡姊姊們，但唯有學長，我絕對不會讓給任何人。怎麼可以讓給別人！

因為我也是真心喜歡學長。總有一天，我希望可以和學長成為真正的夫妻。唯有這份心情，我有自信絕不會輸給姊姊們！

所以——

「花鈴……絕對不會輸的……！」

我鼓起勇氣準備迎戰。

尾聲

「唉～～～……根本睡不著～～～……」

晚上，我躺在自己房間的床上發出哀嘆。

今天發生了許多事，真的是累死我了。又要在咖啡廳死命地忙著招呼客人，又要陪花鈴約會，之後又突然參加了校草大會，接著還得說服雪音小姐……

雖然整體來說很開心啦，但事後反撲而來的疲勞真不是蓋的。原來認真參與校慶是件這麼累人的事，真是讓我大開眼界。身心都已經疲憊不堪了。

然而…………完全睡不著。

精神好得不得了。即使關了燈在床上躺平，還不停地數羊，睡魔依舊沒來敲門。明明累得要命，卻絲毫無法入睡。

至於之所以會睡不著的原因……

『今天真的很謝謝你————！我最————喜歡你了！』

就是雪音小姐的告白。

她在表揚儀式上露出的笑容、帶著甜美迴響的聲音，在我腦海中揮之不去。無論如何都會不斷想起，實在無法不去在意——她對我的告白。

唉，我當然知道那只是開玩笑。實際上回到家後，與雪音小姐聊天時，也和平時完全沒有兩樣。而且還理所當然地對我說：「天真學弟，剛才真的很抱歉喔～為了向你賠罪，我的胸部讓你揉吧～」如果她真的喜歡我，那種話應該會害羞得說不出口才對。不，對不喜歡的人說出那種話也很奇怪就是了。

總而言之，我很清楚那句告白並不是出自真心。只是因為校慶嗨過頭，隨口開了一個尺度比較大的玩笑罷了。

可是……果然還是會在意。

我明明對戀愛毫無興趣，但像那樣被人大聲地吶喊「最喜歡你了！」，還是超級心動的。畢竟我姑且也是健全的男高中生嘛……

「唉……總之稍微去透透氣吧……」

繼續窩在床上，大概也只會難以釋懷地持續煩惱到早上吧。什麼事都好，得找點其他事來轉移心思。

我翻身下床，離開自己的房間往一樓移動。

總之先去喝杯水吧，總覺得口有點渴。

我從冰箱拿出瓶裝水，把水倒進自己的杯子再喝。

「……嗯？」

此時，不經意地發現視野的角落好像有什麼東西在閃爍。

轉頭一看，是臺闔上的筆記型電腦。那是三姊妹平時一起共用的。看來是進入睡眠模式後一直擺在這裡，提示燈才會不停閃爍吧。

「是誰忘了關嗎……真拿她們沒辦法。」

我為了關閉電源，將筆電打開喚醒。螢幕立刻亮了起來，恢復至睡眠前的狀態。畫面上顯示的，是某個搜尋引擎的首頁。

「……反正閒著也是閒著，來逛逛網頁吧。」

原本打算立刻關機的，但我突然改變了主意。想說來隨便瀏覽一下新聞網站吧，於是我單手握住滑鼠坐到筆電前。

然而就在此時，我不小心手誤，點開了預期之外的網頁。

「嗯……？什麼啊……？」

那是目前這個帳號的搜尋紀錄管理頁面。

「哦……原來可以從這裡查看紀錄呀。」

因為我不是很了解網路，所以看到這種頁面覺得很新奇。

驀然間，其中某一條紀錄映入我的視野。

『性虐ＰＬＡＹ　最能得到快感的方法』

……唔哇。這絕對是那個人吧。被虐狂公主的搜尋結果。

另外還有一整排「女生　發情　滅火方法」、「暴露　興奮　推薦景點」等非常容易推論出是誰搜尋的關鍵字。

而且居然還有「讓男生成為Ｓ的方法」……那人都在搜尋些什麼啊！

雪音小姐會成為被虐狂，果然不單只是因為工作過度吧！因為這和家事、工作根本毫無關聯，純粹只是為了享受ＳＭ而已。無庸置疑地，她根本就是個天生的被虐狂！

是說她們三姊妹……至今還沒發現其實不只有自己一個人是變態，這就表示她們都不知道這些搜尋紀錄吧……真的是好險她們都不是會查看這些細節的人。

之後姑且還是個別寫張小紙條提醒一下吧。「筆電的搜尋紀錄都留著喔」。

……不，等一下，先好好想想，一条天真。

這臺筆電是三姊妹所使用的物品。我看到這些搜尋紀錄，不就等於我偷窺了三姊妹的隱私嗎……？

「不，不行！這可不行！」

身為她們的同居人，這是絕對不被允許的行為。絕不能故意偷看她們的祕密。這可以說是罪孽深重的行為啊。

現在應該還來得及。立刻關閉瀏覽器吧。不，關閉之前，為了保險起見，必須清除所有紀錄才行。我這麼想，於是移動滑鼠。

此時，我整個人突然僵住。

「咦……？」

當我正要按下「清除」時，某條紀錄偶然映入我的眼簾。由於是顯示在頁面的頂端，應該是今天的最新紀錄。

這、這是什麼……？怎麼回事……？這究竟是誰搜尋的……？

我一陣顫慄，汗毛直豎。即使知道很不應該，雙眼卻無法從畫面移開。

上頭儲存著一排文字串——「成為真正夫妻的方法」。

後記

感謝各位閱讀到最後，我是作者浅岡旭。

首先就來聊聊我最近遇到的一件倒楣透頂之事吧！

話說前幾天我和朋友兩人一起去了超市。那間超市在店門口設置了防盜門，當我和朋友一踏進店裡的瞬間，頓時警鈴聲大作。

由於朋友當時兩手空空，所以原因肯定是出在我手上的包包。附近的店員立刻跑到我身邊詢問：「請問能否打開包包，讓我確認一下呢？」

明明都還沒買東西，應該說根本才剛踏進店裡而已，居然就被當成犯人看待，這誰受得了？不過啦，反正只要讓店員檢查過包包後，一定馬上就會知道我是清白的。

只是，我非常堅決地拒絕打開包包。

因為……包包裡頭裝的正是電摩啊……

不，別誤會，我可沒有那種興趣。只是買來當作參考資料，結果一直放在包包裡忘了拿出來，然後很不幸地電摩盒子上貼的標籤觸動了防盜門。

要在大庭廣眾之下拿出電摩，我實在辦不到；而且店員還是一名女性。所以我一開始當然也很委婉地拒絕了。只是當時那個情況下，如果不讓店員檢查包包，事情恐怕別想落幕……於是，最後我還是打開包包，在眾目睽睽之下拿出電摩。登時「啊……」地露出一臉尷尬的店員；臉色蒼白的我；退避三舍的周圍眾人；以及捧腹大笑的朋友。所謂的地獄，大概就是如此吧。

雖然洗清了嫌疑，但總覺得似乎失去了某種非常重要的東西。大泣。

接下來是謝詞。每次都讓您添麻煩的責編大人，此次也提供了美妙插圖的アルデヒド大人，參與本書出版的相關人士，以及最重要的各位讀者們，請讓我在此獻上最誠摯的謝意，真的非常感謝大家。

另外，由鹿もみじ老師執筆的本作漫畫版，目前正在《月刊COMIC ALIVE》連載中，同樣也請各位多多支持。

二〇一九年十一月某日　浅岡旭

就算是有點色色的三姊妹，你也願意娶回家嗎？

choppiri H na Sanshimai demo Oyomesan ni shitekuremasuka?

國家圖書館出版品預行編目資料

就算是有點色色的三姊妹,你也願意娶回家嗎? / 浅岡旭作 ; Y.S.譯. -- 初版. -- 臺北市 : 臺灣角川股份有限公司, 2021.04-

冊 ;　公分. -- (Kadokawa fantastic novels)

譯自 : ちょっぴりえっちな三姉妹でも、お嫁さんにしてくれますか?

ISBN 978-986-524-359-3(第3冊 : 平裝)

861.57　　110002182

Kadokawa
Fantastic
Novels

就算是有點色色的三姊妹，你也願意娶回家嗎？ 3
（原著名：ちょっぴりえっちな三姉妹でも、お嫁さんにしてくれますか？3）

2021年4月12日　初版第1刷發行

作　者：浅岡旭
插　畫：アルデヒド
譯　者：Y.S.

發行人：岩崎剛人
總編輯：蔡佩芬
編　輯：彭曉凡
美術設計：莊捷寧
印　務：李明修（主任）、張加恩（主任）、張凱棋

發行所：台灣角川股份有限公司
地　址：105台北市光復北路11巷44號5樓
電　話：（02）2747-2433
傳　真：（02）2747-2558
網　址：http://www.kadokawa.com.tw
劃撥帳戶：台灣角川股份有限公司
劃撥帳號：19487412
法律顧問：有澤法律事務所
製　版：巨茂科技印刷有限公司
ISBN：978-986-524-359-3